役僧たちの反乱

第一章　輪番《りんばん》と役僧《やくそう》たち

一

真冬の早朝に打ち鳴らす喚鐘《かんしょう》の当番は、滅法辛い。

俺は、寒風の吹きさらす広い廊下に飛び出した。

喚鐘は本堂北側の濡れ縁の上にぶら下がっている。スリッパを引っかけると躓《つまず》きながら、ひた走った。六時に打たねばならぬ喚鐘が、五分遅れているのだ。

「あいつ、怒ってるやろなあ……」

いつも小股でセカセカと小忙《こぜわ》しく動き回る、大きな目玉の輪番仏力《ぶつりき》勇の顔が、目蓋《まぶた》に浮かぶ。

喚鐘は、昔どこの町にでも立っていた火の見櫓《やぐら》の上にぶら下がっている半鐘に、大きさも形も酷似している。

俺は喚鐘の下に到着すると、縁の柱に凭《もた》せかけてある小槌《こづち》を手にした。そして、カーン、カーン、カーンと三つ、ゆっくりと、しかし、ひどく力を込めて、鐘に音を畳みこむように打ち出した。その後は連打である。小刻みに連打しながら、音を大きくしたり小さくしたりするのだ。

「草野。おまえの喚鐘の音は、ほんまにええのう。わしにはあんな音は出せん。いやわしだけでない、誰にも真似はできん。なんぞコツがあるんか」

そう言ったのは、堂衆仲間の安田だ。彼は俺より四つ上の三十二と若い。だが、どっしりと構えたところは四十にもおもえるほど老成して見える。年下の者には面倒見が良く、仲間から兄貴分として慕われ、一目も二目も置かれていた。それは人格の上のことだけでなく、堂衆のなかでいちばん身分の高い一臈《いちろう》という地位にもあった。

「いや、べつにコツなどないよ。みんながやってるように打ってるだけや」

俺はそう答えるしかなかった。

それは事実でもある。とくべつ技倆面でなにかあるわけではなかった。ただ、心理面において技倆を高めるものがなかった、とは言えない。なぜなら俺には、心底から悲願するものがあったからだ。如来よ、どうか俺の願いを聞いてくれ、と心の底から叫びながら喚鐘を打ちつづけるのである。この切実な祈りが小槌につたわり、おのずといい音色になるのかもしれない。しかしそのことは口にせず、みんながやっているように打っているだけだ、と言ったが、

「いや、やっぱり違う。赤沢が言うてたが、あれは力の配分がうまいんや、て。やっぱりそれやのう」

と安田はしきりに感心する。

この寺（寺といっても別院である。浄土真宗極楽浄土派の、直参門徒一千戸を有する神戸別院なのだ）には、俺と安田のほかに三人、堂衆がいる。赤沢はその中の一人である。

夜明け前の神戸の街は暗闇の底に沈み、高速道路を疾走する車の音だけが聞こえてくる。またときおり、メリケン波止場に停泊していた大型船が出航するのだろうか、蒸気を噴出するあの鋭い汽笛が闇を引き裂くことがある。今朝もその音が闇にひびいた。俺はそれに刺激されるように喚鐘を打ちはじめた。低い音から高い音へと小刻みに連打するとき、俺の手首がそれ自体一つの生き物のように素早く、力強く、熱をあげる。無意識の意識のように一個の生物となって、俺を鼓舞するのである。俺であって俺でないような、いやそうではない、それこそが、おまえ自身なのだ、と俺に知らしめようとする手首の動き。安田をして、「わしにはあんな音は出せん」と言わしめた所以《ゆえん》が、そこにあるのかもしれない。

喚鐘の音は、晨朝《じんじょう》の勤行を衆生に知らす音である。これからお勤めがはじまるぞう、早くお参りしろよう、と衆生に向かって知らしめる、いや喚《わめ》くのである。その喚声が今朝も、暗闇の中に鋭く響き渡った。

――俺は鐘を打ち終わると、いそいで自室に戻った。そして衣に着替えて、本堂裏の後門《ごうもん》に向かった。渡り廊下から本堂内の廊下に入り、左に曲がると、四人の堂衆がうす暗い電灯の下で足踏みしたり、手もみしながら、だべっている姿が見えた。今朝はやたら寒いのである。

「五分、遅れたぞう」

近付いた俺に、口を歪《ゆが》めて嫌みたらしい笑みを浮かべたのは、赤沢だ。彼は俺より一年早くこの別院の堂衆になったが、歳は俺と同じ二十八だった。

「寝坊した」

と言うと、

「また輪番に怒鳴られるぞう」

と、うれしそうに笑う。

「五分や十分、どっちになってもええやないか、のう」

と安田が俺に言うと、

「なんでもきちんとせんと気がすまん質《たち》やから」

安田の目線を恐れるように、小声で言ったのは、仏力の従弟《いとこ》の吉川という堂衆である。

「なんでもきちんとせんと気がすまん性格かいな。そうかいな、そうかいな」

と安田がからかったとき、仏力が輪番室から後門に通じている廊下に姿を現した。みんな一斉に押し黙る。

きょうは中興の祖と言われている十二代法主《ほっす》有相上人の命日である。晨朝の読経がいつもより三十分長い。俺は早くも足の痺《しび》れを覚えて、正座が苦になり出した。

「草野。食事が済んだら、わしの部屋まで来てくれ」

晨朝の勤行が終わって、矢来内《やらいない》から後門に出てきたときである。仏力からいきなり言われた。

喚鐘を打つ時間が遅れたことで文句を言われるのか。しかしそれにしては、ちと大仰すぎる気がした。

輪番室は大玄関の横にある。部屋の構成は八畳と六畳の二間に、ダイニングキッチンと応接間である。応接間には事務机とソファーが置いてある。

食パンと牛乳の簡単な食事をすると、俺は輪番室に向かった。輪番室にゆくには長い廊下を渡らねばならないが、今朝はその途中にある渡り廊下がやたら寒かった。

輪番室は住まいと応接間に入る口が二か所あり、その入口が廊下を挟んで白書院の向かいに位置している。俺はいつものように応接間から入った。

ノックしてドアを開けると、仏力が開けた机の引き出しのなかを覗きこんで、しきりになにかを探している。そして俺の顔を見ると、坐《すわ》ってくれと言い残して自室に消えたが、五、六分して出てきたとき仏力の手には、珍しく茶の用意がされていた。しかも、小皿の上に奈良漬けみたいに薄く切った、明石の丁稚羊羹《でっちようかん》が載っている。極度にケチな仏力からは、めったに見られない対応だ。

（いったいなにが狙いなんや）

俺は苦笑した。

「わしがきみを、院議会議長の中山さんに頼まれて堂衆に採用してから、もう何年になるかな」

と仏力は、手にした煎茶をいかにも旨《うま》そうにズルズルと音を立てて飲んだ。そのいつもの飲み方が俺には痛《かん》に障《さわ》るというか、恰好を付けてやがる、としかおもえないのだ。だから、わざと厭《いや》な顔をしてやるが、仏力には一向に気にする気配さえないのである。

「丸五年になります」

　俺が答えると、

「ほう。もうそないなるかいな」

　と仏力は感心するように言い、

「あのときわしは、即決したよな」

「はい。そうでした」

「なんで即決したか、分かるか」

　それは堂衆の欠員で法務に困っていたからではないか、と答えようとして、それはちょっと憚《はばか》って、

「さあ……、ぼくには」

「きみはできる奴やとおもたからや。そやでぇ、そういうことやでぇ」

「それは、どうも」

　素直によろこべない。

「現在までのところはまあまあよくやっておるが」

　と言い、

「そこで一つ、きみに頼まれてもらいたいことがあるんや」

それきた、と俺はおもった。

「難しい話やない。中山さんにわしとの時間を取ってほしいと頼んでもらいたいんや」

「ぼくに？」

「そうや」

「なんで？」

どうしてそれぐらいのことを、この俺に、と言いたかったのだ。

「きみでないと頼めんからや」

「ぼくでないとって、どういうことですか」

仏力の依頼の正体が、皆目摑めない。

「うんいやあ、正直に話そう。隠し立てするようなことでないし、いずれきみたちにも協力してもらわな、ならんことやからのう」

と仏力は言って、話しはじめた。


十日ほど前のことだという。

その日仏力は輪番室で、院議会議長の中山と教区会議長の江坂と話し合いの場を持っていた。それは六年後にひかえている、十二代法主有相上人の四百回忌御遠忌法要に向けて、記念事業の一環として行なう神戸別院修復の件でだった。

「別院の修復は何年来の願いだったでしょう」

仏力が江坂に言った。

「それはそうや」

江坂は鷹揚に答えた。

百キロをこえる巨漢の大きな腹の前で組んでいる手が、幼児のそれのように可愛らしく仏力の眼に映った。

「それならなんで、賛成してくれんのですか」

仏力は薄ら笑いをすこし浮かべた。

「反対はしてませんよ」

そう言ったのは中山である。

中山は江坂とは正反対の、キリギリスのように痩せた長身の男である。

「本堂の瓦を葺《ふ》く言うてるでしょ。それがなんで、輪番には受け入れられんのや」

「受け入れないとは言ってませんよ。有相上人の御遠忌を逃したら別院の大修復は容易でない、いやまあ、不可能だろうと言ってるんです。お分かりでしょう、門徒会館や御在所、白書院の傷みようは」

「分かってる。分かってるが、あんたの提案する建設予算では院議会にも教区会にも諮《はか》ることさえできん」

「高い？」

「高すぎる」

「二十五億、言いましたな」

江坂が言った。

「そうです」

「この不景気なときに、そんな大金が集まるかいな」

中山があざ笑った。

「集まるか集まらないか、やってみないと分からんじゃありませんか。中山さんの慎重な配慮や心配はよう分かりますけど、そう気を遣ってばかりおられては実現できることもできなくなりませんか」

「いや……、ともかく輪番の提案を具体化するにはもっと時間がほしい」

「きょうで四回目ですよ。意見はだいたい出尽くしたとおもうんですが」

「いやまあ、具体化するにはもうすこし時間が必要やな」

と中山は言い、江坂を促して部屋を出て行ったというのである。

「有相上人の四百回忌御遠忌を契機に、別院の大修復が計画されていることは知っていましたが、二十五億、ですか？　巨額ですねぇ」

話を聞きおわって俺は、たぶんに驚愕した。そんな大金をどこから集めるのだろうか。

「いや、金額だけ聞くとそないおもうかもしれんが、そんなに大変な金額でない」

仏力は自信たっぷりに言った。おまえには分からないだろうが、と言いたげだった。

「別院の直参門徒だけで二十五億は集められんでしょう」

「当たり前や」

「どない、されるんですか」

「教区内寺院の門徒衆に依頼する」

「へーぇ」

「一万戸、あるからな」

「一軒、十万円……」

「いや、十五万円や。どうや、無理か？」

仏力は俺の腹を探るような目付きをする。

「さあ……」

俺には見当も付かない。

「五か年で十五万円の募財なら、文句は出んやろ」

「直参門徒にたいしては、どんなように……」

「百万」

「百万円？」

びっくりした。

「五か年で百万。直参やから、これぐらいは当然やろ。どこの末寺でも建て替えるときは、これぐらいの募財は門徒から集めとる」

「そやけど……」

そんなに簡単にいくだろうか、と言いたかったが、

「とにかく、中山さんの腹の中が分からんのじゃ。なんで渋っとるんか。差しで話すしかないんじゃ」

と仏力は息巻いた。

二

浄土真宗極楽浄土派の神戸別院、圓正院は、湊川神社の西北一キロほどの所にある。間口十五間の本堂の甍《いらか》が、神戸港に向かって聳《そび》えている。高い土塀に囲まれた敷地は、二千坪と広い。

俺たち五人の住まいは、鬱蒼《うっそう》と生い茂った中庭の奥にあるが、全員が集まる十畳の堂衆部屋は、輪番室とはあまり離れていない。

朝食をすますと俺たちはかならず、この部屋に集まることになっている。それは、その日に予定されている法事や一般参詣者が依頼する「申し経」など、確認しておかねばならないことがあるからだ。

そして、これらのことを細かく掲示板に書き入れる係が、赤沢の遠縁に当たる庶務の石橋である。彼は定年になる三年前まで、ある小さな町の郵便局長をしていた。

「草野さん」

堂衆部屋にゆくと、石橋が消えるようなか細い声で俺を呼んだ。

彼の顔を見るたびに俺は、こいつの顔はなんと山羊《やぎ》にそっくりなんだろうか、とおもう。額が大きく禿げ上がっている細面《ほそおもて》や、眼鏡をかけたその目もとが、じつに山羊に似ているのである。山羊が人間の顔をしているのか、と奇異なおもいをさえ起こさせるのである。

「なんですか」

と返事をすると、
きょう、月忌参りにゆく田村という門徒の家が、お参りを明日に変更してほしいとのことだった。

「そうですかあ」

俺がおもわず声を弾ませると、

「なんでそんなにうれしいんや。お参りが延びたくらいで」

部屋の隅で吉川と碁を打っている安田が茶化す。

「いや、べつにうれしいわけやないけど」

と俺は言って、彼らの傍までゆき、

「朝から碁かいな。お参りはどないなっとるんや」

「お参りどころでないわい」

と安田がおどけて笑わせたとき、部屋の電話が鳴った。

「はい。堂衆部屋です」

俺が出ると、

「吉川おるか」

仏力の声だった。

「吉川。輪番さんからや」

告げると彼は返事して椅子から立ち上がったが、立ったまま盤上を見下ろして動こうとしない。

「はよせんと、また怒鳴られるぞう」

注意すると、やっと盤から目を離した。

そして受話器を手にすると、はい……、いえ、はい……、としきりに謝り出した。

「相変わらずやなあ」
一、二分話したあと、吉川が慌てたように部屋を出てゆくと、俺が安田に言った。
「この前もあいつ、弱いくせに、わしの碁を筋が悪いと批判しやがった。馬鹿なやっちゃ」

安田は笑った。

「いや吉川のことやない。輪番のことや」

と言うと、

「なんや、輪番のことかいな。なんかあったんか」

と安田は顔を向ける。

「いや、とくになにがあったというわけやないけど、しかしなにを考えてるのか、わけが分からんとこがあるなあ」

「なるほど。わしもそれはおもう。これまでいろいろな人間を見てきたが、あんな灰汁《あく》の強い男は初めてや。そういう意味では興味深い男やが」

「出身は広島やと聞いたけど」

「原爆孤児だったという話を聞いたが」

「うん。それはおれも聞いた」

「誰が言うてたか、教区会議長の江坂さんやったとおもうが、輪番は若い頃本山の参拝接待所でお茶汲みをしとったらしいなあ」

「うん。それはおれも聞いた」

「これは吉川から聞いた話やが、輪番のやたらと自慢したがる話があって、それは先祖が戦国大名の毛利元就の流れを汲むことらしい。酒を飲むとかならずそのことを得々として語ると言うとった」

「血筋がええ、と言いたいんやろ」

俺はおもわず表情を引き攣《ひ　つ》らせた。

「そうらしい。馬鹿馬鹿しいなあ」

と安田は笑って、

「あいつ、大学出てんのか」

「おれは知らん」

「しかしまあ、一介のお茶汲みから大別院の輪番になったんやから、たいした奴には違いないが」

と安田は、苦笑ともつかぬ笑みを浮かべた。その笑顔がへんに弱々しく映るときがある。しっかり者の安田だが（いや、しっかり者だけにと言いたいところだ）、彼は堂衆の仕事を潔しとしていないところが、俺には見受けられた。それはむろん、安田だけの問題ではないかもしれないが。それというのも、堂衆は、輪番の下で儀式の執行や直参門徒の法務（月忌参りや法事である。布施の額が高い葬式などは輪番の仕事であり、堂衆の出る幕はないのだ）を執行する、いわば末寺で働いている役僧並みである。つまり、教団内にあっては、半人前の扱いなのだ。いや、それ以下かもしれない。「なんや、別院の堂衆かいな」と露骨に愚弄する住職さえいたのである。

　このとき、赤沢と登日が部屋に入ってきた。その登日を見て、安田が言った。

「登日、おまえ、あしたから喚鐘の当番やぞ。分かってるか」

「分かってます」

と登日は、いつもの暗い表情で答えた。

ほっそりと女のような華奢《きゃしゃ》な軀《からだ》付きをしたこの男は、ひどく無口で、堂衆の誰とも親しくしていなかった。不気味なところがあった。

「きょうは、午後一時から法要があるぞ。登日、おまえのキン打ち、だんだんうまくなってきたのう」

と、安田は半分茶化して、

「しかし、草野の喚鐘にはまだまだ及ばんがのう」

と笑った。

登日は勤行の際の、平キンという鐘を叩くキン役でもある。

きょうは前法主の命日なのだ。読経後、説法がある。

「布教使は、守口先生やなあ」

堂衆部屋に入ってきた赤沢が突然そう言って、うれしそうな顔をした。

その笑顔に向かって、

「あんな男の話のどこがええんや。軽薄な楽天家じゃ」

俺が吐き捨てるように言った。

「なに！　もういっぺん言うてみい」

赤沢が顔色を変えた。

「なんぼでも言うたるわい。あんな男の話のどこがええんか、おまえの気が知れん」

「そんならおれも言うたる。江川布教使のどこがええんじゃ」

と赤沢は鼻で笑った。

「守口よりも百倍ええわい。おまえにはその違いが分からんがのう」

と俺も鼻で笑い返した。

定例法座に時たま招聘される江川布教使の話を俺は、それほど良いとはおもっていないのだが。とにかく布教使のことになると俺と赤沢は、衝突することが多いのである。なにか互いに反目し合うものがあるのだ。虫が好かない、というか、とにかく馬が合わないのである。

法要のあとに行なわれる説法は二席である。その講師が二年つづけて、能登の寺の住職である守口という布教使だった。俺はこの布教使がしんから厭だった。憎んでいる、といっても過言ではない。

ある日の晩のことである。堂衆部屋で、俺と安田と赤沢の三人で晩飯が終わったあと、酒を飲んでいた。このとき守口布教使のことで、俺と赤沢のあいだで言い争いになった。

「守口先生の説法にはいつも奇抜というか、斬新さがあるなあ。安田さん、そないおもいませんか」

赤い顔をしながら赤沢が言った。

「斬新……？」

と安田はスルメをくわえたまま、丸い眼をして赤沢を見た。

「斬新、てかあ……。笑わすな」

俺が笑った。

「おまえには守口先生の良さが分からんのじゃ、分からん奴は黙っとれ」

「守口布教使のことになるとおまえ、いつもムキになるが、なんでや」

安田が俺に言った。

「気に入らんとこはいっぱいあるが、とにかくインチキ臭いのう」

「インチキ臭い？　おまえのことや、それは」

赤沢が笑った。

「どこがインチキ臭い？」

安田が訊いた。

「なにが、信心の社会性や。利いた風なことを言いやがる。社会性のない奴にかぎって、社会性、社会性と言いたがる」

俺は少々ムキになっていた。

「その言葉、よう聞くなあ。よっぽど気に入ってるのかなあ」

と安田は芋焼酎をコップに注ぎたす。

「なんで信心の社会性が、インチキ臭いんや」

赤沢が食ってかかった。

「彼から信心の社会性など、微塵も感じられんからや。それに、なにが悪人の自覚ができても社会は変わらんじゃや。あいつに悪人の自覚があるとおもうか？」

「その言葉もよう口にするなあ。親鸞の悪人成仏に批判を加えてるつもりか、先生は」

安田が言う。

「悪人の自覚ができても社会は変わらんいうんは、守口先生の了解なんやから文句は言えんやろが。文句を言うんなら、反論してみい」

赤沢の口調がしだいに荒々しくなってきた。

「彼の了解だろうとなんだろうと、とにかく言うてることが嘘っぽい」

「嘘っぽい？」

「嘘や、とはっきり言うたほうが話が早い」

「どこが嘘や、言うてみい」

「悪人の自覚がない奴に、悪人を語る資格はないからや」

「ない、やて。なんで言い切れるんじゃ」

「言い切れる。自信を持って言い切れる」

「おお、言うてみい。聞かせてもらおか」

「おお聞かせたるわい。簡単なこっちゃ。それは彼からは悪人のにおいがせんいうこっちゃ」

「においい、てかあ。アホか、おまえ」

赤沢は高笑いして、

「どんなにおいじゃ」

「おまえにはない、甘い蜜の香りじゃ」

俺が言い放つと、

「なんやて！　もういっぺん言うてみい」

赤沢が本気で怒り、血相を変えて立ち上がった。

「おい、赤沢、ええ加減にせんかい。草野もええ加減にせぇよ」

安田が立ち上がって制した。

それから彼は赤沢の肩を抱き、二人揃って坐り直すと、

「しかし、悪人の自覚ができても社会は変わらん言うた守口布教使の言葉には、わしも、正直言ってドキッとした。親鸞の悪人正機はほんまにそんな問題をはらんでるんか。これは確かめてみる必要があるなあ、信頼できる教学者に」

と、神妙な顔付きをしたものだ。

このことがあってから、二か月が経過している。

きょうの前法主の命日には教区の住職が十人、内陣出仕した。俺たち堂衆は、外陣出仕である。このことは在家の人には分からないだろうが、声明《しょうみょう》は堂衆が中心なのである。俺たちは声明のプロなのである。教団内にあっては役僧並みに扱われているが、声明においては威張っている住職たちも一目置いているのだ。俺たちにとっては、内陣に出仕している住職らは、雛壇に飾られている人形にひとしいのである。

法要の読経が終わると、説法の時間になった。演台のまわりに四、五十人の善男善女が集まっている。大半が七十を過ぎた年寄りばかりである。

説法は一席四十分を二席に分けて行なう。俺たち堂衆は説法を聴聞することを義務付けられていた。

俺と安田は参詣者の後方に坐って、守口の話を聞いていた。赤沢と吉川と登日は善男善女に

交じって演台近くにいたのか、俺には見えなかった。

俺は説法がはじまって十分も経つと、イライラしてきた。法座なのに仏法が一言も語られず、社会矛盾や社会の不条理をあげつらい、しかもそれらのことが参詣している七十を過ぎた人たちにたいして、「おまえらの責任だ」と言わんばかりなのである。守口、おまえの責任はどうなっているんだ、と俺は彼の話に呆れ返りながら、叫びたくなった。それから五、六分経ったときだ。「救いとは浄土に生きることだ」と守口が言ったときには、俺はおもわず声を立てて笑ってしまった。

「おい。守口がおまえを睨んだぞ」

と安田が俺の軀を突いた。

一席目が終わり二席目がはじまる頃には、聴聞者は半分以下に減っていた。

「あんな話をして聞く者があるとおもてんのかいな。アホやのう」

俺は呆れ返った。

「ほんまやのう。あんな話では誰も聴く気になれんなあ。去年よりひどなっとる」

「ええ気になってるんや。アホやのう」

と俺はせせら笑った。

三

前法主の法要が終わった晩、吉川が堂衆部屋に一升瓶を持って入ってきた。あのケチな仏力が、吉川に、みんなでやってくれ、と言って部屋に置いていったというのだ。

「珍しいこともあるもんやのう。あしたは嵐やでぇ」

と俺がからかうと、

「なんちゅうことない。わしらには分からん高額の布施収入でもあったんやろ」

安田が事もなげに言った。

「なるほど。そういうことか……」

俺は苦笑した。

堂衆勤めがいちばん長い〝一臈〟だけあって、よく知っていやがる、とおもったものだ。

登日がビールとアテを買いに行った。近くにコンビニと中華のチェーン店がある。三十分もすると、彼は焼きそばや餃子などを山ほど買いこんできた。

「往生とは浄土で生きることや、と守口布教使が言うたとき、草野が声を出して笑ろうてなあ。センセ、えらい怖ろしい顔して睨みよった」

安田が湯割りにした焼酎を手にしながら言った。

「往生を浄土で生きる言うたことの、どこがおかしい。アホかいな」

赤沢がせせら笑った。

「アホはおまえや。往生は浄土にいくプロセスの問題や。それがなんで、浄土に生きることになるんや。アホかいな」

「アホはおまえや。先生は、現代人の苦悩に応えようとしてるんや。現代教学を樹立しようとしてるんや。ねぇ安田さん」

「さあ……、わしにはよう分からん」

と安田は言って、焼きそばを頬張った。

「どこが現代教学や。アホらしい。彼に往生や浄土の意味が分かるんかいな。あいつは、現代教学とかいうものに便乗して言うてるだけや。軽薄なオプティミストや」

「なに言うとる。そういうおまえこそ、浄土の意味も分からん癖して。えらそうなこと言うな」

と赤沢は笑った。

「もうええもうええ。二人とも止《や》め。それよりか、吉川。おまえまた福原へ行ったやろ、昨日」

と安田は俺らの口喧嘩に止《とど》めを刺して、吉川に言った。

「へへへヘッ……」

と吉川は、いつものように蛇みたいに舌の先をチラチラ出す、下卑た笑い方をした。

「好きやのう、おまえは」

安田が言う。

「好きなのはおれだけやないですよ」

と吉川は言って、意味ありげに含み笑いをした。

俺が、その笑いの相手は赤沢じゃないかとおもっていたら、

「また、あのねぇちゃんか」

と言ったのは赤沢だった。

「はげしく乱れるおねぇちゃんや。なあ吉川」

と安田が言うと、

「それが、昨日は先客に取られて、付いた女が愛想ないいうか……、いやそれどころでないんや。厭いやなんやなあ。太腿のところにバラの入れ墨なんかしやがって、男みたいに突《つ》っ慳貪《けんどん》なんや」

「初めて付いた女か」

俺が訊く。

「うん。おっぱい触っても、なにするんや、とばかりに手を払われた。愛撫なんか一切させへんのや。あんな冷たいソープ嬢は初めてや。勃《た》つもんも勃つかいな。あれはたぶん、ヤクザの色やでぇ」

「そんな女も中にはおるやろ。しかしキミちゃん言うたか、はげしい女は。すごいぞ、そのおねぇちゃんの話は」

と安田は言って、吉川に、

「その女の話、草野に聞かしてやってくれ」

「なんぼでも言うたるでぇ」

吉川は口をだらしなく歪めて、

「見かけはちょっと賢そうな顔してるけど、それは見掛けだけで、首筋をちょっと舐めても、おっぱいちょっと吸っても、はげしく泣きさけぶんや。初めは早く行かせるための技巧かとおもたが、違うんや。ほんまに心底からよろこんどるんや。何回行ってもそうなんや。ほんまに昂奮して、泣きさけぶんや。すごいんや」

「へーぇ」

と俺は生唾を飲みこんだ。

「そんな女やったら、客がようけ付いて、指名してもなかなか当たらんのと違うか」

赤沢がえらく神妙な面《つら》をして訊く。

「うん。そやから行く前はかならず店に電話して確かめることにしとる」

「客を取ってたら、その客が帰るのを待って、すぐ行くんかいな」

安田が訊く。

「そうや。約束した時間に行かんかったら、つぎの奴に盗られるがな」

「ちょっと、厭な感じやのう……」

俺が苦笑すると、

「なにが？」

「なにがって……」

「さっき、やったんやろ。そんな女をすぐ抱けるんか、おまえは」

　と安田が替わって呆れ顔で訊く。

「そんなこと気にしてたら、ええ女は買われへんですよ。安田さん、気になりますか」

　と吉川は澄ました顔で言う。

「気にならんほうがおかしいやろ」

　と安田が呆れ顔で笑う。

「そうかなあ。気にするほうが青臭いんと違うか。なあ、登日」

　言われて登日が、吉川の後ろできまり悪そうに笑った。吉川が自分だけでないぞ、とからかった相手が登日だったと気付いた。

「さすが、ソープランドの常連や。言うことが違う」

　俺がからかうと、

「草野さん、行きたかったらいつでも連れて行ってやるよ」

　と吉川はやり返す。

「おれ、ええわ。吉川のやった女の穴、借りなならんほど女に飢えてないからなあ」

「それはほんまや。草野は結構、女に苦労しとる」

　安田が真顔で言う。

「ほんまかいな」

と赤沢が嘲《あざけ》ると、

「ほんまや。草野、聞かせたれ」

「おお、なんぼでも聞かせたるでぇ」

と俺は下卑た笑いを浮かべた。

相当酔いが回っていた。おおいに軽薄な男になっていたのである。

「池田の女や」

「池田って、空港の近くか」

吉川が訊く。

「そうや。不動産屋の嫁はんでなあ。亭主と親子ほど歳が違ごうてた。おれと浮気をしていることが分かってから、おやっさん、毎晩彼女を裸にして、軀の隅々まで調べ出した……」

「軀を、か……」

吉川は言って、慌てて手の甲で口を拭いた。

「そうや。軀をや」

「変態か」

安田が訊く。

「さあ……、それはどうか分からんが」

「草野に嫉妬して、頭がおかしなったんや。相手を狂わすのは、草野の得意技やからのう」

赤沢が吐き捨てるように言って笑った。

四

その晩俺は、久しぶりに寝付きが悪かった。最近ほとんど思い出すことがなかった池田の女のことが、しつこく胸を過ぎったのである。

五年前になる。

俺はこの別院の堂衆に就く前、大阪にある業界新聞の記者をしていた。住まいは池田にあった。ある日の晩、駅の近くを歩いていると、新規開店した焼鳥屋を見付けた。焼鳥が好きな俺はさっそく店に入ってみた。人懐っこい笑みを浮かべるおかみさん（といっても三十くらい）がエプロン掛けで焼鳥を炭火で焼いていた。鶏肉に濃厚さと甘みがあり、俺をおおいによろこばせた。それからは、一週間に一度は欠かさず立ち寄るようになった。

あれは通いはじめて三月ばかり経った頃のことである。

「息子が勉強せんで困ってるんやけど、誰か勉強見てくれる人いないかしら」

小学校六年生だという。

「一週間に一回ぐらいなら、おれ、見てやってもええけど」

俺は言った。

「ほんまに？」

彼女（文《ふみ》という）は眼を輝かせた。

文の家は店の裏手にあった。店は表通りに面しているが、店に沿って左に曲がる道があり、その奥に三軒立っているなかの一軒が彼女の家だった。

息子の勉強を見てやるために初めて文の家を訪れた日俺は、応接間で小太りの白髪頭の男と顔を合わせた。文の亭主だった。彼女と親子ほど歳が離れているこの男を俺は、すでに知っていた。また彼が十三《じゅうそう》の駅近くで、小さな不動産屋を営んでいることも文から聞いていた。

「草野です」

俺が亭主に挨拶していると、文がお茶をもって入ってきた。

「きょうから大輔の勉強を見てくれます、草野さんですよ。無理を言ったんですよ」

文は明るい声で言った。

「よろしくお願いします」

亭主は頭を下げた。

が、その態度から俺は自分は歓迎されていないことを知った。俺が息子の勉強を見ることに抵抗があるのだ、と分かったのである。

焼鳥屋で亭主と何度か顔を合わせていた。着流しでだらしなく兵児帯《へこおび》を締め、ちびた下駄をカタカタいわせながら店に入ってくる。そして俺の顔を見ると、ほかの客にするように軽く頭を下げるのだが、どこかぎこちない。どうかすると、酒を飲んでいる俺の横顔を見詰める彼の鋭い視線をさえ、頬に感じることがあったのだ。

（また、見やがっとるな……）

面白くない気分になりながら、俺は呟《つぶや》いた。

焼鳥を食べにゆくのは、一週間に一回乃至《ないし》二回ぐらいだったろう。この回数はほかの客に比べて少ないほうではなかったかもしれないが、多いとも言えないはずだった。それなのに、亭主はどうして俺に不快感を抱いていたのだろうか……。ただ文が、ほかの客には示さない特別な感情を俺に抱いていることは、薄々感じていたが。

息子の勉強を見てやってから、一月ばかり経った日のことである。

勉強が終わって、応接間のソファーに坐り、テレビを観ていた。そのときドアが開いて、顔を出した亭主がいきなり、こう言って怒鳴ったのである。

「おまえ、わしに隠れて文となにやっとるんじゃ。ええ加減にせえよう」

このとき俺の隣で一緒に、源やんという近所に住む爺さんもテレビを観ていた。

「なんやね、あれ……」

唖然たる面持ちで俺は、爺さんに言うと、

「ほんまやなあ。なんか知らんがえらい怒ってるなあ……」

と爺さんは当惑顔で言った。

それから、十日後の日曜日のことだった。

「この前はご免なさい。お詫びになにかさせてください」

俺のマンションに突然訪れた文が、そう言った。

亭主から妙な誤解を受けてから俺は、息子の勉強は休んでいたのである。

文に誘われて梅田に出た。一時をすこし回っていた。

「和食がええですか、それとも洋食に」

改札を出ると文が言った。

和食がいいと答えると、

「曾根崎警察の裏に、ちょっと名の知れたお寿司屋さんがあるけど、そこへ行きましょうか。草野さんもご存じでしょう」

文は言って、その店の名を告げた。

俺も名前だけは知っていたが、自分のような安月給にはとても行ける店ではない、と答えた。むろん嘘ではなかった。

昼を過ぎていたが、店内は満員の状況だった。入口に近いカウンターに空いた席があった。

注文を取りにきた女店員に、文はビールを頼み、俺に向かって、アテはなににするか、お造りでいいか、と訊くので、はいと答えると、店員に、

「お造りの盛り合わせに鮑《あわび》のバター炒めと、酢の物を」

と告げた。

剣先イカの刺身と鮑のバター炒めがすこぶる美味《おい》しかった。ビールのあとは酒になった。

「失礼なこととして、ほんとにご免なさいね」

文はあらためて詫びを入れた。

「びっくりしたなあ。いきなり、わしに隠れてなにやっとるんじゃ、と怒鳴るんやから」

俺は笑いながら言った。実際、なんで怒っているのか、皆目分からなかったのだ。

「ご免なさい」

「ご主人に誤解されるようなこと、あったかなあ」

「ないわ」

「ないよなあ」

「ないけど……」

口ごもった。

「けど?」

「それはわたしの問題。草野さんとは関係ないわ」

「そう言われると一層訊きたくなる」

「言ってもええけど……」

と文は言って、顔を赤らめた。

恥じらいをみせた彼女のその横顔に、俺は心をときめかした。酒の酔いが影響していたことは言うまでもない。

寿司屋を出ると、俺たちは西の方角に向かって歩いた。目当てとするものがあったわけではない。いや、それは偽りだ。俺の心にそんなものがまったくなかったとは言えない。

十分も歩くと、ラブホテルが立ち並ぶ一区画に出た。どっちが先、ということなく、俺と文は一軒のホテルに吸いこまれた。

自動ドアを入った所に、電光板があった。明かりが点いている部屋は「空き」を示し、点いていない暗い部屋は「使用中」を暗示している。

どの部屋にしようか、と俺が戸惑っていると、文が脇からさっとボタンを押した。二階に上がる矢印が点滅している。エレベーターが右側にあった。

部屋に入ると、文が抱きついてきて、唇を求めた。

「この日をわたし、待っていたのかもしれへん……」

喘《あえ》ぎながら、言う。

ベッドの中でも文は、烈《はげ》しく燃えた。なにが、そうさせるのか……、と疑念を抱くほどの乱れ方だった。

何度目かの性交が終わったあとで、俺が言った。

「親子ほど歳が違うと言うたけど、なんぼ離れてるの」

「二十五」

と文は答えた。

「へぇ、そんなに……」

俺はびっくりした。

「手込めにされたんよ」

「手込め、やて?」

「うん」

「どういうことや、それ」

俺はあらためて文の顔を見た。

「わたしは後添いなんよ。先の奥さんは姉やったの」

「姉さん……」

「そう」

と文は、事もなげに答えて、その経緯を話しはじめた。

文が十六のときだったという。亭主の女房である姉が乳癌に罹《かか》り、手術したが予後が芳《かんば》しくなかった。仕事に追われていた彼は女房の親に、文を家事の手伝いにお願いできないか、と言ってきた。

文の実家は尾道にあり、父親は大工で、貧乏人の子沢山というやつで文は八人きょうだいの四番目だった。勉強はできたらしいが、中学を出ると早々に働きに出された。家の近くに開店したドライブインの売店の店員になった。

文は都会に憧れていた。義兄からの依頼を母親から聞かされると文は、二つ返事で「行く」と答えた。

姉夫婦には子どもがいなかった。文の仕事は依頼どおり家事手伝いだったが、寝たり起きたりしている姉の面倒も見なければならなかったらしい。

半年ばかり経った日の夜のことである。

二階で寝ていた文の部屋に、突然誰かが入ってきた。目をさました文はびっくりして声を上げると、

「しッ」

と、人差し指を口に当てて、

「わしや、わしや」

と小声で告げた。

義兄だった。

こんな時間に何用だろう、と文は蒲団の上に起き直ると、

「文ちゃん、いつも無理言うて、ほんまに済まんなあ」

義兄は猫撫で声でそう言い、文の傍に寄ってきた。

「いえ……」

文は気味悪がって、上蒲団で軀を覆った。

「文ちゃんのようやってくれる好意に、いつも甘えてばかりいるけど、ほんまに有り難いとおもてんのやでぇ。その代わりと言うてはなんやけど、恩返しになにかさせてくれ」

と義兄は文の肩に手を置いた。

「いえ……」

「そう言わんと。なにがええ。ネックレスか……、それとも指輪がええか……」

言うなり義兄は文に抱き付いてきた。

「厭ッ」

文は叫び、その腕から逃れようともがいたが、彼は一層力を込めて押し倒しながら、

「大きな声、出したらあかん。下に気付かれる……」

階下で寝ている姉のことを口にした。

その言葉に文は、一瞬、怯《ひる》んだ。その間隙を突いて覆いかぶさってきた義兄の力に、文は抗することができなかった。

その翌日の晩から義兄の朝吉は毎晩、文の部屋に押しかけてくるようになったという。

「なんでそんな、愚劣な奴の言いなりになったんや」

俺はたぶんに苛立《いらだ》ちを覚えながら、言った。

「なんで、って……」

「実家になんで帰らんかったんや」

「実家でなくてもどこへでも行きたかったわ。そやけど、ぐずぐずしてるうちに……」

「なんや」

「妊娠してることが分かって……」

「堕ろしたらええやないか」

と、おもわず無責任な科白《せりふ》を口にすると、

「五か月、過ぎてて……」

と文は、本当に悔しそうな顔をした。

姉は亭主の、この卑劣きわまりない行為を知らないはずがない、と文は言った。しかし姉はそのことを文には、一言も言わなかったそうだ。そして三月後、彼女は亡くなったという。

ワンルームの俺のマンションに、文がしょっちゅう訪れるようになったのは、むろん梅田でのことがあってからである。部屋にくると彼女は、甲斐甲斐しく部屋の掃除をしたり、食事を作ったりした。もちろんそのあとは互いに、時間を惜しむように抱擁し合ったものである。

文の、俺にたいする烈しい欲情のなかには、亭主にたいする遺恨があったことは否めないだろう。しかしそれが、どんな種類のものであれ、彼が文の行動に不審を持たぬはずがないのである。

ある夜、その日も遅くに帰った文に、亭主が血相を変えて部屋に入ってくるなり、

「おまえ、あの男と浮気しとるな」

と、領収書のような紙片を突き出した。

「なに？　これ」

と文は惚《とぼ》けて手にして見ると、俺と数日前に入った焼き肉屋発行の領収書である。

「ああ、これは……、重村さんよ。誘われて行った……」

と、慌てて友人の名前を出して嘘を吐いたが、

「なに、ぬかすか」

と言うなり、ポケットのなかから次から次へとレジの領収書を出して（それらはショルダーバッグに入れていたものだが、いつの間に見つけたのか、と啞然としたという）、

「これもこれも重村か。どこの重村じゃ、言うてみいッ」

「グループの一人よ。ご主人はテキサスという旅行会社を経営してるわ」

それは偽りではない。

「テキサス、てか。ええ加減なこと言うな」

怒鳴るや否や、文の髪を鷲摑みにして引きずり回しはじめた。

文も負けてはいなかった。亭主のワイシャツの袖を摑んで引き裂いたり、頭を思いっきり叩いたり、足蹴りを加えたりした。

二時間ほど喚いたり罵《ののし》り合ったりして、その晩は収まったが、翌日の晩から大変だった。亭主が文を全裸にして、軀の隅々まで克明に調べ出した、というのである。

「えッ？」

俺は言うべき言葉を失った。

「異常でしょう」

痣《あざ》や肝斑《しみ》を見付けても、これはなんだ、嚙まれたのか、吸われたのか、と舐めるように（事実彼は舐めていたのだろう）、しつこく追及したという。

「ひょっとしたらきみも、それを、ひそかに望んでいたんと違うか」

と皮肉を言ったら、

「バカ。夜のくるのがほんまに、恐かったんやから」

と文は、俺の腕を抓《つね》った。

――あれは蒸し暑い夏の、早朝のことだった。

しつこく鳴るブザーの音で目をさまし、ドアを開けると文が立っていた。

「洋介さん、主人が死んだ……」

青白い顔をした文が告げた。

「死んだって、か……」

一杯食わせる気か、と俺はおもった。

「心筋梗塞で……。救急車で病院に運んだけど、間に合わんかったの」

「今朝か？」

「四時過ぎ」

その瞬間俺は、胸苦しさを覚えた。自分が殺したのではないか……、という罪悪感が胸中に沸き起こったのである。しかし、それは一時的なもので、それ以上の深い傷手に悩まされることはなかった。

「一緒に暮らしたい」

そう文が俺に言ったのは、亭主の死から三月ばかり経ってからだった。むろん俺は即座に承諾した。その頃には文は俺にとって、いわば自然血族のような間柄になっていた。しかし愛はあったから、一緒に暮らすことになんの抵抗も感じられなかったし、一緒になることは当然の成行きとして捉えていたのである。

「朝吉さんの一周忌が済んだら、一緒になろう」

俺は言った。

このことも、暗黙のうちに通じている事柄のように受け止めていた。……が、そのあと告げた俺の一言が彼女の態度を一変させたのである。その文の、度を失った態度に俺は強い衝撃を受けた。暗澹たる面持ちで、文を見詰めるばかりだった。

未練がましく翌日の晩、会社帰りに文の店に寄ってみた。が、赤提灯が外され、暖簾《のれん》が下ろされていた。

第二章　乞食の村と乞食坊主大山《だいせん》

一

JR姫路駅から姫新線というローカル線が出ている。俺の実家はこの路線のY駅から近い。俺は半年ばかり田舎に帰っていない。実家はY駅から北へ三キロほど行った山間部にある。この一帯は丘陵地帯で、緩慢な山肌に百二十戸の農家が点在している。風景はまさに〝日本の田舎〟そのものの趣《おもむき》である。しかし、農家で食える家は昔から一軒もない。いわゆる「三反百姓」だからである。だから彼らはさまざまな仕事を手がけてきた。俺が知っているその多くは、出稼ぎと行商だった。俺の家は行商が主だったが、祖父の代から葬儀屋を営み出した。Y駅に近い商店街のなかに店舗を構えた。誠実堂という。露骨すぎて、かえって不誠実のイメージを与えそうだが、祖父が命名した。祖父の名は綱吉と言い、屋号を地で行くような心だての人だった。が、もうこの世にはいない。

丘陵地帯に広がる村里は、このムラの共通の人々からは「乞食の村」と呼ばれている。乞食のような貧しい村、という意味ではない。乞食をも大事にするやさしい村、という意味である。そして、この村里のことを世間の者たちは、被差別部落と呼んでいる。

この村里がいつの頃から乞食の村と呼ばれるようになったのか、俺は知らない。親に訊いても分からなかった。ただ俺には、そう呼ばれている理由が意外に早くから理解できていたものである。それというのも、祖父母の乞食にたいする扱いがムラのほかの人たちとくらべて比較にならないほど手厚かったからである。

またこの村里には一般地区にはない、御座《おざ》という布教使を招いて開かれる説法の場が、古くから法事の読経のあとに持たれていた。祖父母はこの御座に若い頃からかならず出て、熱心に聴聞した。

そんなこともあったからだろう、とくに祖父の綱吉は村の人々から、「妙好人《みょうこうにん》」と呼ばれるようになった。これは一文不知の、信心の篤《あつ》い念仏者のことだが、彼は文盲ではなかった。しかも、すぐれた篤信者であったが、むやみやたらに信心歓喜に酔うような人ではなかったのである。むしろ冷徹な眼をした信心の人であった。

あれは高校生二年生のときである。綱吉爺が俺に、こんな話をした。

綱吉が五十そこそこの頃だったそうだ。毎年行なわれている春の永代経が、手次ぎ寺で厳修された。綱吉は女房のトメとお参りした。

読経のあとの説法は本山派遣の布教使だった。たいていは近在から招くのだが、その年は珍しく本山から派遣されていた。そんなこともあったのだろう、参詣者の数は例年より三割方も多かったらしい。

説法の時間になり布教使が本堂に現れると、ここかしこからナンマンダブツ、ナンマンダブツと念仏を称える声が上がった。説法は二席である。綱吉とトメは演台から五、六メートルばかり離れたところに坐って、布教使の法話に耳を傾けていた。百人をこえる聴聞者に無駄口を叩く者は一人もいなかった。誰もが目を耳をそばだてて聴いていた。

一席目が終わり、二席目に入ろうとしたときだった。

「センセ、質問してもええかのう」

綱吉が立ち上がって言った。

「はい、結構です。どうぞ」

布教使は、演台の上に用意されている手拭きを手にしながら答えた。

「さっきセンセは、この世の幸不幸はみな、前世からの因縁じゃと言われたが、それはほんまかのう」

「はい。そのように言われていますが」

と布教使は余裕の態で答えた。

「そんなら、不幸に生まれたもんは、全部あきらめなならんのじゃなあ」

「いやそういうことでなしに、先ほども言いましたように仏様の御利益をいただくために南無阿弥陀仏と念仏を称えて、死後に極楽へ参らせていただく。それがわたしども浄土真宗極楽浄土派の救いですから」

「そんなら、わしらはあきらめなならんのう」

綱吉はさらに言った。

「はあ？」

布教使は綱吉がなにを言っているのか、なにを言おうとしているのか、さっぱり理解できていないようだった。

「分からんセンセじゃのう。幸不幸は前世からきまっとる言うた。それはわしらのことかと訊いとるんじゃ」

「えっ……？」

布教使は突如として顔色を変えた。

綱吉の質問の意図が、やっと飲みこめたのである。つまり、ここに集う綱吉ら百人以上の者たちはみな、被差別者だと気付いたからである。

「もういっぺん訊きますけぇ。この世の幸不幸は全部前世からきまっとる言うんは、ほんまかいのう」

「…………」

「わしらは差別されてる人間じゃ。いったい前世にどんな悪いことをした言われるんじゃ。説明してくれ」

「……いや、そんなつもりで言ったのでは……」

「なら、どんなつもりじゃ」

「それはわたしども、極楽浄土派の教義でして……」

「教義であろうとなんじゃろうと、ええも悪いも前世の因縁じゃと言われたら、わしらはどないすればええんじゃ」

「いや、ですから、それはわたしが勝手に言っているわけでないのでして……」

「仏教の教えじゃと言われるんか」

「はい」

「そうか。よう分かった。そいじゃわしが確かめてやる。前世の因縁が宗派の教義かどうか、確かめてみるけぇ」

と綱吉は言い、

「こんな教えが教義なら、差別がなくならんのう。はっきりさせてもらいますけぇなあ、センセ」

と声を荒らげた。

この発言に、そうじゃそうじゃ、と声が上がった。しかしその声はごく一部の人だったらしい。大半の人には綱吉にたいして、本山派遣の偉い先生に楯を突いた、と批判の矛先が向けられたのである。

綱吉が布教使にどこまでも食らい付いたのは、親鸞の教えを長い間聴聞してきて、その教えからそんな矛盾した悪質なものはない、と確信を持ったからである。

「わしらムラのもんは、死後の極楽を信じてる。この世では差別がなくならんとおもてるから、せめて死んでからでもええ、差別のない世界に行きたい、そないみなおもとる。しかしこんな間違った考えを持つのは、長年にわたって教団が、わしらにインチキな教えを説いてきたからじゃ」

そうお爺は俺に言って、さらにおどろくべき話を聞かせてくれた。その話は子どもの心にも、被差別の側に立つ者として忘れてはならないことだ、とおもわせた。それほど迫力と気概があった。

二

布教使の発言を悪質な部落差別だと受け止めた綱吉が、初動闘争として行動を開始したのは半月後のことである。

まず彼は、手次ぎ寺、妙見寺が所属する深山組《しんざんそ》の組長《そちょう》、末長に本山布教使の発言を報告して、十五か寺（うち七か寺は被差別寺院だ）の住職に集まってもらうことにした。そしてその日取りが半月後にきまった。会所は妙見寺の門徒会館だった。十七か寺のうち、十三か寺の住職がその日集まってきた。

「きょう、みなさん方に集まっていただいたのはほかでもありません」

そう言って末長は切り出した。

そしてつづいて、こう述べた。今年、妙見寺の永代経に招いた本山布教使が「前世の因縁」

話をして、この世の幸不幸はすべて前世からの因縁によるから、被差別者は念仏を称えて死後に極楽にいかせてもらえ、と。ここに来ておられる妙見寺の門徒、草野さんが、それは邪法だ、おかしいと布教使に問い詰め、それはわが教団の教義か、と問うた。布教使は、そのとおりだ、邪法ではない、仏教だと主張して、譲らなかった。草野さんはこれは、悪質な差別言辞だとして、本山に抗議したいと言っている。自分もこの教えは邪法だとおもうが、みなさんにまず確認したい。この教えが邪法か否か。

「本山の布教使は前からずっと、そんな話しよるのう」

そう言ったのは、被差別寺院の近藤である。

「しているとかしていないとかでのうて、正しいか間違っているかを論じてもらわないと……」

末長が言いづらそうに忠告した。

「極楽は死後じゃけぇ。のう、専修寺さん」

近藤が真向かいにいる被差別寺院の北村に言った。

「そうじゃのう。みんなそないおもとるのう」

と北村は、扇子をパチパチいわせながら答えた。

「そいじゃから、邪法じゃけぇ。草野さんが怒るのは当たり前じゃや」

鋭い濁声《だみごえ》が北村の正面から発せられた。

長老の松永だった。八十をこえる彼は、被差別寺院の住職だが、一般地区の住職も一目置く見識と人望があった。彼の発言で結論が出た。会合がはじまってわずか二十分で、だった。こんな短い会はこれまで誰もが経験したことがなかった。住職の集まりはとかく長くなるのだ。ぐだぐだと言い合い、なかなか結論が出ないのが通常だったのである。

会合が終わって部屋を出ようとしたとき綱吉は、末長に呼び止められた。ちょっと残ってくれ、と言う。まだなにかあるのかとおもっていると、居残った者たち（綱吉のほかに、副組長の中川と組教導の新見、妙見寺の増田がいた）に、末長がこう言った。

「結論は出たんやが、本山に行く前に、信頼できる教学者に邪法か否かを確かめてみる、というのはどうかのう」

「なるほど」

組教導の新見が頷いた。

「結論に、なにか疑問でも……」

綱吉が訊いた。

「いや、そういうことでのうて、確かな裏付けを用意したほうがええとおもてのう。どうかのう」

「そういうことで」

と綱吉は言った。

「本山が邪法じゃと認めなかったときの対抗処置に、ということかのう」

新見が言った。

「そうです。そういう意味で」

　末長が答えた。

「誰に頼みますか」

　増田が末長に訊いた。

「わしは、祖家先生がええとおもうがのう」

「福山組の？」

「うん。どうかのう」

「ええんと違いますか、あの先生なら。和讃の解説本を最近出版されましたなあ」

　新見が眼鏡のレンズを拭きながら、組教導らしいことを話題にした。

「最近、売れっ子ですなあ、あの先生」

　と中川が、半ば茶化すように言った。


　祖家の寺は福山駅から徒歩で十分ほどの距離にあった。その日祖家の寺へは、末長と新見と中川と綱吉の四人で出かけた。大通りに面してその寺はあった。時代を感じさせる重層の山門がどっかと構えていた。

　本堂の右横に立派な庫裏《くり》が建っていた。末長がインターホンを押すと返事があり、名前を告げると、「どうぞ」と声がかかった。玄関に入ると、奥から坊守が出てきて、応接間に通された。しばらくすると、

「いやあ、どうも。お待たせしました」

和服姿の五十恰好の男が入ってきた。

「お忙しいところ、無理を言いまして有り難うございます」

末長がソファーから立ち上がって挨拶した。

「いやあ、ええんですよ。今日は暇ですから」

と祖家は、大坊らしい住職の余裕を見せて言った。

「電話でお話ししましたように、われわれのあいだでは前世の因縁は仏説ではないと、結論が出まして」

末長が言うと、

「うむ……」

と、腕組みをした祖家の様子に彼は、あれあれ？　と張り合いが抜けた顔をした。それは末長一人ではなかったはずである。綱吉などは祖家の顔をグッと睨んでいた。

「悪質な封建教学だとおもうんですが……」

末長が言う。

「なるほどね。そういう了解《りょうげ》もできますね。しかし……」

「しかし？」

「そうとも言えないのじゃないか、と」

「なんでじゃ」

詰問したのは綱吉だった。

「前世の因縁観を宿命論だと決め付けるのは一方的すぎるとおもいますから」

「なんでじゃ」

「それは他人から、おまえの運命は前世の因縁による、と言われたら、そりゃあ怒りますよ。しかし自分自身の問題として捉え直す場合は、宿命論とは言えないでしょう」

「自覚の問題として、ということですか」

組教導の新見が訊ねた。

「そうです」

「詭弁じゃ、それは」

綱吉は語気を荒らげた。

その迫力に祖家は一瞬、おどおどしたが、教学者らしい自信と風格を取り戻しながら、

「どうして詭弁ですか。他人からそれはおまえの運命だと言われれば、そりゃあ腹が立ちますよ。しかしそれを自己の問題として捉えた場合は、質が異なるとおもうんですが」

「それが詭弁じゃというとるんじゃ。わしは部落民じゃ。わしらはそうやって差別され、騙されてきたんじゃ」

綱吉は怒鳴った。

その途端、祖家の顔色が変わった。綱吉が部落の人間だと分かって、怖気付いたのだろう。

「先生はこの説は宿命論じゃと決め付けられないと言いたいのですか」

末長が言った。

「そうですねぇ。ぼくにはいまは、そうとしか言えませんから……」

と祖家はおどおどしながら答えた。

一時間ばかりで祖家の寺を出た。

「がっかりじゃったのう」

寺を出ると、新見が言った。

「買いかぶったかのう。やはり、教団で飯を食ってる教学者じゃったんかのう」

末長が落胆の色を濃くしながら、言った。

「筋金入りの教学者はおらんかいのう……」

中川が鼻孔を膨らませて鼻声を出した。

綱吉はどうしたものか、と思案顔で歩いていた。

三

その年も残り少なくなった日のことだという。家族だけでやっている葬儀屋としては珍しく、一日に二つ葬式が入った。朝早くに連絡があり、もう一件は昼過ぎだった。朝に入った遺体は亡くなって間もなくだったが、昼に入った遺体は丸二日発見されなかったらしく、硬直がひどかった。

硬直がすすんだ遺体は棺《ひつぎ》に収めるときが厄介で、曲がった脚を伸ばしたり、両手は胸の上で組み合わせたりするために強引に扱わねばならなかった。そんなときは、ボギッボギッと骨の折れる厭な音がする。遺族に気を遣うときは、こんなときだ、とオヤジがよく言っていた。

その日綱吉が翌日執行される葬儀の祭壇などを飾り付けて帰宅すると、夜の八時を回っていた。部屋に上がるとおふくろが出てきて、

「お爺さん。一晩泊めてくれ、言うてきた人がおったけぇ。納屋で寝てもろうたよ。坊さんの恰好してる」

と告げた。

「そうか」

いつもの乞食がきたのだろう、と綱吉はおもったらしい。遅い晩飯を済ませると納屋に行ってみた。

納屋といっても、畳が敷いてあり、不要になった葬儀用の道具や家具などが積んであるが、一人ぐらいは十分に横になれるスペースはある。

戸外から声をかけると、

「どうぞ」

返事があった。

その音声には堂々とした響きがあった。

板戸を開けると、裸電球の下で、顔が分からないほど白髪交じりの髭を生やした、汚れた衣

を着た小男が、膝を組んで本を読んでいた。脇に炭の入った火鉢が置いてある。

「その棚にあったので借りている。いつ読んでもすごいね」

男は言った。

「どこから来た……」

綱吉が問うた。

「どこから？」

男は言って、ケケケケッと不気味な笑い声を立てた。

「失礼なこと、訊いたかのう」

綱吉が言いながら、上がり框《がまち》に腰を下ろした。

男からは乞食特有の饐《す》えたような臭いはない。

「失礼じゃが、名前は」

「下妻大山。みんなは大山と呼んでいるがね」

「衣を付けておられるが……」

「一応は僧籍のある身だが、衣を着ているのはそのためだけではない。坊主だと、物貰いがしやすいからね」

そう言ってまた、不気味な笑い声を立てた。

「仲間がおられるのか」

「いや。昔はいたがいまは一人だ。女房も子どももいない。わしは部落だよ。女房は在日朝鮮人だった」

「おお、そうか」

　綱吉が笑みを浮かべると、

「それにしても、どこから来た、なんて訊かれたのは初めてだよ。ギョッとなったね。こんな新鮮な衝撃は久しぶりだよ」

　と大山は、ニッと笑った。

「もう何年も、こんな暮らしを」

「覚えていない」

「こんなこと訊くのは失礼じゃが、なんの本を読んですごいと言われた。物貰いにくる人からそんなことを聞いたのは、初めてじゃ」

「そうか。乞食は本を読まないか」

「いや……、そんなつもりで」

「いいんですよ。ほんとなんだから。乞食が本を読む暇があるんなら、働け、と言われそうだな」

　と大山はまたしても不気味な笑い声を立てて、

「『歎異抄』」

　と答えた。

「『歎異抄』？」

「そうだ」

「あの難しい本を……」

「難しいが、心が洗われる」

「どんなとこが？」

「とくに挙げれば、わしには九条だなあ」

綱吉は九条になにが書かれているのか、知らなかった。

「わしには分からん。教えてくれんか」

言うと、

「そうだねぇ」

と大山は、次のように説明したという。


九条は親鸞と弟子の唯円との対話だ。唯円が親鸞に問うた。「この頃は念仏を称えてみても、ちっとも天に踊り地に躍るようなうれしい気持ちにならないのです。またいそいで浄土にいきたいという気持ちにもならないのは、どうしたことでしょうか」と。すると親鸞はこう答えた。「親鸞もその不審を感じていたが、唯円房よ、わしと同じ心であったのじゃな。よくよく考えてみれば、天に踊り地に躍るほどよろこばねばならぬはずのことをよろこばぬからこそ、かえって極楽往生は間違いがないと思わねばならぬのじゃ。よろこぶはずの心をおさえてよろこばぬようにさせるのは、煩悩のせいじゃ」と。まだそのあとがあるが、この箇所を理解することが最も大切なのだ。

念仏を称えても、本当に心の底からうれしくなるようなよろこびの心が沸き起こらない、これはどうしたことかと。それにたいして親鸞は、よろこぶべきはずのことをよろこべぬからこそ、間違いなく救われるのだ、と言っている。なぜか。常識で考えると、よろこぶべきはずのことがよろこべぬからこそおまえは救われないのだ、と言われるだろう。それなら、「なるほど」と納得できる。が、そうではない。親鸞はその反対を言っている。よろこぶべきはずのことがよろこべぬからこそ、救われるのだ、と言っている。なぜか、というと、よろこぶべきはずのことがよろこべるのなら、救いは要らないだろう。求める必然性は出てこないだろう。よろこぶべきことがよろこべない身だからこそ、救いが必要になり、救われたい、助かりたい、という必然性が生じるのである。

救いの課題は、よろこぶべきはずのことがよろこべぬところにあるのだ。よろこべぬところに、よろこばねばならぬ課題が秘められているのだ。だからこそ、その人には救いが必要であり、また救いを求めざるをえなくなるのだ。よろこぶべきはずのことがよろこべないのは、煩悩のせいだ、と親鸞は言っている。煩悩こそが迷いの因《もと》だ、と言われている。しかし、煩悩がなければ迷いはないし、迷いがなければ悟りもないだろう。迷わなければ悟る必要がない、ということである。救いは迷いの中に在る、ということだ。このことをよく理解しなければならない。これが親鸞思想の要諦だ。

これだ、と綱吉は大山の説法を聞いておもったという。そして綱吉はそのあと興味深げな顔をして、こう言った。

「こんなこと言うのは失礼じゃが、乞食の坊さんがなんで親鸞聖人の教えを学ぶようになられたんか、先生がおられたんか」

「親鸞さんの教えを学んだのは、乞食をする前だよ。若い頃だ。敬愛する先生がいたよ」

と大山は言った。

若い頃彼は大嶋組という関東でちょっと名の知れたヤクザの組員だった。縄張り争いから人をあやめて入った刑務所で、教誨師の佐々木という住職から『歎異抄』を読むことをすすめられ、熱心な教えを受けたそうだ。

「おまえのような悪党は地獄に堕ちるほかない、と言われたよ。そのことに気付くのに、何年もかかったよ」

と大山は言って笑った。

「先生」

綱吉が言った。

「先生？　先生は止めてくれよ」

大山は口を歪めて笑った。

「いや、もうわしには先生じゃけぇ」

と、綱吉は言って、

「一つ教えてもらいたいことがあるんじゃ。ええかのう」

「どうぞ。でも、知らないことは答えられないが」

「前世の因縁ちゅうんは、仏教かのう」

「前世の因縁……？」

大山はちょっと考えたあとで、

「それは仏説じゃない。善因善果悪因悪果の類《たぐい》だな。宿命論、決定論だよ」

「そうじゃろなあ」

「誰がそんなことを？」

「布教使、本山の布教使じゃ」

と綱吉は言い、これまでの経緯を話した。

「悪質だね」

話を聞き終わった大山が言った。

「本山にこの布教使の発言を追及しようとおもとる。そのときは力になってくれるかのう」

綱吉は大山の力がかならず必要になるときがくる、とおもったのである。むろん大山は承諾した。

「それには先生、これからはわしらの村に残ってもらわなあかんのう」

綱吉の満面に、笑みが溢れていた。

「わしが？」

「そうじゃあ」

「なにしに？」

「やってもらいたいことがいろいろあるのじゃけぇ。行かなならんとこがありますかいのう」

「乞食に行く当てなどないよ」

「有り難い。二、三日中に住むとこ、決めさせてもらいますけぇ」

そう言って網吉はうれしそうに納屋を出て行った。

第三章　差別事件発生

一

長雨のことを別名淫雨というらしいが、俺たち堂衆にとってはまさに長雨は淫らな厭なものなのである。雨の日も俺たちは、モーターバイクで一日平均十軒月忌参りをしなければならない。その折には当然レインコートを着用するが、衣の上に着るのだから、蒸し暑い日はことにゲンナリだ。そして、それを一軒一軒門徒の家の前で脱いだり着たりしなければならない。そのことが俺たちの気持ちに非常な鬱陶しさと煩《わずら》わしさを与えるのである。

梅雨に入り、その日も長雨がつづいていたが、幸いお参りの数が少なく、昼過ぎに終わると俺は別院に帰った。

堂衆部屋にゆくと、庶務係の石橋から実家から電話があった、と告げられた。携帯電話を調べると、確かに入っている。お参りのときはマナー・モードにしている。いったん部屋を出て、電話すると、俺より十も年上の長女の八重が出た。どうした、と訊くと、きょうにでも帰られないか、と訊く。上司に相談してみる、と言って電話を切った。用件は訊かなかった。厄介な問題でなければ電話をかけてきたりしないからである。

その足で輪番室にゆき、仏力にすぐ実家に帰らねばならない用事ができた、帰らせてもらえないか、と頼んだ。

「安田に相談して、月忌参りに支障を来《きた》さんかったらええやろ」

と、おもわぬ物分かりのいい返事をもらった。

安田に告げると、すぐ帰れ、あとは任せておけ、と言ってくれた。車を持っていない俺は、安田の車を借りて高速道路を突っ走った。車だと一時間ほどである。

高速道路を降りると、まず葬儀店に寄ってみた。

女店員の館山から、

「家に帰るように言うてます」

と告げられた。

すぐ車に戻って家に向かった。十分ほどの距離だ。広い国道に出た。ここからだと五、六分で着く。民家の密集する狭い坂道をしばらくゆくと、小さなトンネルが見え、それをくぐると、嘘のように民家が消える。消えた場所から俺の村里である。この有様が、落差が、差別の現実をよく示している、とオヤジがよく言ったものである。

杉の木立に囲まれた神社が見える所までくると、俺の家はその真向かいである。前庭に車を入れると、次男の啓二が柿の木の下で煙草を吸っていた。

「おお」

車を降りた俺に彼は声をかけた。

「なにがあった……」

訊くと、

「勲のことじゃ」

と答えた。

家に入ると、茶の間にオヤジと八重と長男の孝一と勲がテーブルを囲んでいた。

「お帰り」

俺の顔を見て、八重が言った。

「なんやみんな、辛気臭い顔しとるなあ」

俺はわざと陽気に言い、孝一と八重のあいだに腰を下ろすと、

「こんな目に遭わされてどんな面ができるんじゃ」

と孝一が苛立って言った。

「なにがあった……」

「なにがって、こんなあくどい仕打ちがあるか」

「そうカッカカッカせんで」

八重が言うと、

「こんな目に遭わされてカッカせんとおれるか」

「勲兄、どないした？」

俺は勲に言った。

「うう……」

と勲は俯《うつむ》いたまま呻《うめ》いた。

「道修街の和泉屋という呉服屋があるじゃろ」

八重が言って、

「そこのお嬢さんと勲が」

「仲良うなったんか。そうか。兄、豪勢じゃのう」

むろん茶化す気は毛頭ない。和泉屋はこの町切っての呉服店である。

「結婚に反対されたんじゃなあ。そいで？」

今度は孝一に訊ねた。

「座敷牢に閉じこめられとるんじゃ」

「座敷牢てか……」

「それはすこし大袈裟じゃが、離れに閉じこめられとるそうじゃ」

八重が言った。

「洋介。おまえなら、どないすりゃあ」

啓二の声が背後からした。

「どないするって？」

俺は振り向いた。

「彼女の処置よ。どないすりゃあ」

飼い猫にフードを食べさせている。

「彼女の意志はどうなんや。堅いのか」

俺は勲に問うた。

うん、と彼は大きく首を縦に振った。

「そんなら、決まりやないか」

「決まりって、どないするんじゃ」

啓二が言う。

「奪い取るんじゃ」

「奪う？」

八重がびっくりした声を出した。

「ほうじゃ。みんなで抱えて連れ出すんじゃ」

「そんなことしたら、警察沙汰になるよ」

八重が不安げな顔付きをした。

「警察沙汰になるのは向こうのほうじゃけぇ。なるんなら、なったらええやないか。そんなことと言うとったら、陽子叔母さんの二の舞になるぞう。それでもええんか」

と俺は語調を荒らげて言い、オヤジに向かって、

「ええやろ、おとう」

「うん」

オヤジは頷いた。

二

和泉屋は、道修街という商店街の中にあった。間口四間の、堂々とした風格のある呉服屋である。

翌日の午後二時、俺は啓二と勲の三人で和泉屋に出かけた。輪番の仏力には電話で、どうしても二日ほど休みがほしいと告げた。情け容赦のない男だが、急用なら仕方ない、としぶしぶ承諾した。安田にも依頼の電話をかけた。彼は、おお任せとけ、と言ってくれた。

広い店内に入ると、奥が畳敷きになっており、そこに店員らしい女性が坐っていた。

「紀子さん、おられますか」

俺は言った。

「紀子さん……」

店員はあきらかに戸惑いの気色をして、その眼が焦点なく揺れた。

「どこにいますか」

「いえ……」

店員は答えられず、どうしたものか、と暖簾のかかっている店の奥に目をやった。

そのときである。小ぎれいに着飾った和服姿の婦人（一目で紀子の母親だと分かった）が出てきて、

「いらっしゃいませ」

と声をかけた。

「紀子さんに会いにきました」

俺がふたたび言った。

「紀子……」

彼女は一瞬、腑に落ちぬ顔をしたが、すぐに俺たちが何者であるかを察知したのだろう、

「紀子はいません」

と、きっぱりと答えた。

「いない？」

「はい」

「そんなはずないじゃろ」

啓二が鋭く言った。

「嘘違います。出かけています」

「どこへ？」

俺が問い詰めると、彼女は眼をクルクルさせて、

「……いません。ほんとにいません」

と甲高い声を上げた。

「離れはどこじゃ」

俺が勲に訊くと、彼は右の通路に向けて顎をしゃくった。

「よし。行こう」

俺は、昂然と言い放つ。

「止めてください！　止めてください！」

母親が金切り声を立てた。

「紀子はいません、紀子はいません」

彼女の絶叫を尻目に、俺たちはうす暗い狭い通路を奥へ奥へと進んでいった。そして、トンネルのような通路を抜けると、パッと明るい場所に出た。中庭だった。

「勲さーん」

八つ手の木の向こうから、突然女性の声が聞こえた。

「紀子さんじゃ」

勲が言った。

開いた硝子《ガラス》戸から紀子が顔を出している。

「お嬢さん駄目です。お嬢さん駄目です」

紀子を制している女性の姿が見えた。

「いまじゃあ」

俺がどすの利いた声を発した。

すると勲が先頭に立って、紀子のいる離れ座敷に向かった。

「お嬢さん駄目です、紀子さん駄目です」

女性が必死になって制している。

「履物なんかええ。担ぎ出せ」

俺が勲に言った。

その声に勲はばたばたと慌てて、自分の靴を脱ぐと、いそいでそれを手にして、紀子に近寄った。

「なに、やっとんじゃ」

それを見て啓二が苦笑した。

勲が紀子の上体を抱え、啓二が両脚を抱えて二人は走った。

「紀子をどこへ連れて行くんですか、どこへ連れて行くんですか。下ろしてください、下ろしてください」

母親が前に立ちはだかって、叫んだ。

「どこへも連れて行かへん、どこへも連れて行かへん。安心せい、安心せい」

俺は大きな声を発して、彼女を押し退けた。

「どこへ連れて行くんですか、どこへ連れて行くんですか。誰か助けてください、助けてください、助けてぇッ」

店を出て、商店街を走り出した二人に向かって追いかけながら、母親は叫んだ。

そんな彼女を通行人はおどろいて立ち止まり、何事が起きたのか、と好奇の目を見張って眺めていた。

三

駅前でおふくろの従弟が仏壇屋を営んでいる。この従弟に勲と紀子をしばらく預かってもらう段取りを付けて、俺と啓二は家に戻ってきた。

「どうじゃった……」

俺と顔を合せた八重が心配顔で訊いた。

母親がいろいろと邪魔をしたが無事連れ出して、仏壇屋にいる、と答えた。そして、その場を離れようとすると彼女が、

「大山先生がおまえに会いたい言うとる。すぐ行きんしゃい」

と言った。

大山先生とはあの乞食坊主のことである。大山は健在なのだ。綱吉が以前、大山にこの村里に留まってほしいと頼んだのはほかでもなかった。ムラの者たちに彼の『歎異抄』を聴かせたかったからである。

酒屋や八百屋などがある村の中心部に公会堂が立っている。二十畳の広間には木像の阿弥陀仏が安置された須弥壇《しゅみだん》があり、この建物の裏には狭いながらも住まいが付設されていた。この住居がそのとき空いていたのである。五年ほど前まで留守番の年寄りがいたが病気で亡くなり、そのままになっていた。

大山にここに住んでもらい、広間でムラの者たちに『歎異抄』を語ってもらおうと綱吉は考えたのである。

綱吉は生前俺に、よくこう言ったものだ。

「大山先生の話を聴け。すごい勉強になるぞ」

またこうとも言った。

「大山先生のような偉い坊さんになってくれたらのう」

俺はその頃、大阪で業界新聞の記者をしていた。田舎に帰るたびに綱吉から、よくそう言われたのである。孫の誰か一人が坊さんになってくれたら、とおもっていたらしい。しかし俺は、綱吉爺の願いを素直に聞き入れようとはしなかった。そういうことからではないが、大山に会うのはなぜか、気後れするものがあった。

その俺が得度して、どうして神戸別院の堂衆になったのか。それにはいくつかの理由がある。まずは勤めていた業界新聞社が倒産したこと。そしてそのことがきっかけになって、お爺が言っていた「坊主」へと関心が出てきたこと。それに加えてさらに、親鸞に関する書物を読みあさるようになり、しだいにその教えに惹かれたこと、などだった。

安田やそのほかの堂衆らは堂衆の身分にコンプレックスを抱いていた。確かに仕事の実態といえば毎日が先祖供養という経の配達である。こんな仕事をしていては、とうてい自信も矜恃も持てないだろう。それればかりか、教区内の住職から「なんや、堂衆かいな」と、じつに軽くあしらわれている。そのことが、安田らから一層の自信と矜恃とを奪う結果になっているに違いないのである。

だが、そう言うおまえはどうなんだ、堂衆の身分に自信と矜恃を持つことができたのか、と問われれば、むろん否と答えるしかなかったろう。しかし、俺にはその一方で、末寺五千か寺を有する極楽浄土派という巨大仏教教団にたいして畏敬の念を抱いていたのである。貧しい暮しの中から毎年何千円何万円の、懇志という名の上納金をおさめる被差別者のおもいが、俺には痛いほど理解できるのだ。彼らは真に救いを求めているのである。真に解放されたいのだ。劣悪な差別から解放されたいのだ。この一点に、彼らの悲願がある。

俺もまた、この悲願に飢えていたのである。晨朝の勤行を衆生に知らせるあの喚鐘が、俺の士気をこの上もなく鼓舞するのはまさにこの悲願なのだ。「どうか、おれたちの願いを聞き届けてくれ」と如来に手を合わせる強い気持ちが、小槌に込められているのである。

極楽浄土派の本山にはその良識と実行力があるに違いない、そうおもっていた。それはすべての被差別者のおもいでもあるだろう。本山にたいする期待と願望が、この一点に集約されるのだから。

その晩俺は大山に会いに出かけた。綱吉爺が崇拝した大山とはどんな人物だろうか、とおもうと俺はえらく緊張したものである。

大山の家に行くのは、むろん初めてだった。須弥壇が置かれた公会堂には何度か行ったことはあるが、裏の住まいには入ったことがなかった。

玄関の硝子戸を開けると、半坪ほどの土間である。そこに立って俺は声をかけた。部屋のなかから返事があり、障子が開いて小柄な老人が顔を出した。

「おお、よく来たな。まあ上がってくれ」

遠来の客でも迎えるように彼は言った。

大山に違いないとおもったが、眼前にする彼は、綱吉から聞かされていた大山とは随分懸け離れていた。お爺の話では彼は顔が分からないほど髭を生やしているのだったが、いまはきれいに剃ってこざっぱりしている。八十七で三年前亡くなった綱吉より大山は確か二歳年下だから、いまは八十八になるはずだが、とてもその歳には見えない。血色もいいし、なにより生気がみなぎっている。

「思っていたとおりきみは、綱吉爺によく似ているなあ」

と大山は言い、食卓の上に茶碗を二つ並べて、一升壜から酒をなみなみと注いだ。そして、まあやれ、と言って茶碗を持ち、ぐいぐいと呷《あお》った。人と語るときはまず酒を酌み交わしてからだ、と言わんばかりである。

「それはそうと、きみは極楽浄土派の別院の堂衆をしているそうだね」

「堂僧なんて、名前ばかりです。役僧です」

と言うと、

「役僧で結構じゃないか」

「はあ？」

「綱吉爺は役僧でも、坊主でもなかった。まあいい。ところできみらはきょう、どえらいことをやってのけたそうじゃないか」

もうその情報が入っているようだった。

「いささか乱暴すぎたともおもいますが」

「いや大胆だが、乱暴ではないよ」

「そうでしょうか」

「まあ見ていなさい。子どもができれば、差別意識など吹っ飛ぶから」

「ぼくもそうおもいます」

「そうだよ。そういうもんだよ」

大山は大きく頷いて、また一口酒を飲み、

「綱吉爺もたぶん同じことをやっただろうな」

「そうでしょうか」

「そうだよ。彼は度胸があったし、先見の明もあった」

「先生」

そのとき俺の脳裏に不意にある出来事が浮かび上がった。

「本山に抗議行動を起こした話を聞かせてもらえませんか。先生も抗議に参加されたそうですね」

綱吉が組内住職、大山らとともに闘った「『前世の因縁』差別発言事件」のことである。

「聞いていないのか」

「聞きましたけど、先生のことはあまり……」

「そうか。わしのことはどうでもよいが」

と大山は肴の蒲鉾を口に入れて咀嚼し、ふたたび酒をぐいぐいと飲んだ。

綱吉が本山にたいして要望書を提出できたのは、大山から前世の因縁にたいする問題点をくわしく教わり、自信が持てたからである。

提出した要望書の内容は、こういうものだった。

西日本教区深山組・妙見寺の永代経で説法された本山布教使、渥美信玄師の前世の因縁説は、あきらかに部落差別を助長するものであり、仏教の教義として絶対に認められるものではない。本山当局はこの事実を真摯に受け止めて陳謝し、今後は人間解放教学の樹立に邁進してもらいたい。就いては、今年度中に当局の代表と深山組の住職の代表並びに門徒代表とのあいだで、円滑に事を運ぶための協議の場を持ちたい。早急にその日程を立ててほしい。

要望書には妙見寺の門徒三分の二以上の署名捺印、組内十五か寺住職の署名捺印が添えられていた。そしてこれが提出される前、組長の末長が教区の教化委員長に報告していた。が、綱吉は自身の考えから本山に直接電話をかけたという。

「わしは西日本教区深山組の妙見寺門徒、草野綱吉というもんじゃが、宗務総長さんはおられるかのう」

電話に出た総務部長にそう告げると、どんな用件かと訊ねられた。

「差別問題を確認したいんじゃやけぇ」

そう言うと、その瞬間、相手は息を詰まらせた。その様子が受話器をとおして綱吉によく分かったそうだ。

「『前世の因縁』論の件ですか」

相手はおどおどしていた。

「そうじゃ。差別発言じゃ」

言うと相手は事の成行きを誰かに確かめようとしているのか、しばらく沈黙の空白時間が流れた。

「失礼しました。その問題でしたら、まだ具体化していませんので……」

相手の声が受話器から伝わったのは、一分以上も経ってからである。

「具体化しとらん？　どういうことじゃ」

「総長はただいま出張中でございますので、後日、深山組の組長さんに連絡させていただきます」

「それなら早いとこ頼みますけぇな。待っておりますけぇ」

ところが一か月経っても末長に連絡がなかった。

「どないなっとるんじゃ」

痺れを切らした綱吉が、ふたたび本山に電話した。

「教義の問題は教学研究所が担当するものですから、打ち合わせ等で連絡が遅れていまして……」

言い訳がましい総務部長の声がひびく。

「提出した要望書を、あんたらはどう考えとるんじゃ。ええ加減なことしたら、承知せんぞう」

本山の対応の不誠実さに腹を立てた綱吉は烈しく言い、早急に返事せよ、と迫った。

翌日綱吉は末長に会いに行った。

末長の寺は道修街の裏手にある。かつてこの寺のごく近くに遊郭があり、遊女が死ぬとその死骸がこの寺に運びこまれ葬られたという。つまり投込寺である。

末長は寺にいた。

「予想はしていたが、やっぱりじゃのう」

綱吉の顔を見るなり、末長が言った。

「総長に会いに行きましょか。相手の出方を待っとったら、いつになるか分からんけぇなあ」

綱吉が言う。

「わたしもそないおもた。行きましょうか」

「はい、そないしましょ」

「副組長さんにも組教導さんにも行ってもらおう」

話は決まった。すぐ本山当局に連絡して日取りを決め、十日後一行は本山に出かけた。

綱吉は本山にゆくのは、初めてでない。組の門徒研修で何度か上山したことがある。だが、宗務総長に会ったことはなかった。

重層の山門をくぐると、正面が聖人堂、左が阿弥陀堂である。鉄筋二階建ての宗務所は聖人堂の後方にある。

「総務部は二階じゃけぇ」

宗務所の玄関に入ると、末長が言った。

彼は全国組長会議で何度も宗務所に来ていた。

階段を上がった正面に総務部があった。事務所が硝子張りになっていて、事務を執っている所員の姿が見えた。二人が事務所に入り、末長が、

「部長さんはおられますか」

と、入口近くにいる女性所員に訊いた。

するると奥のデスクから男が立ち上がり、

「ああ、末長組長さん」

でっぷりと肥った大きな男が声をかけた。そして、穏やかな笑みを湛《たた》えながら近付いてきて、

「ご無沙汰しています」

と、末長に挨拶した。

総務部長の内海である。末長はこの男とは全国組長会議で何度も会っていた。

「今日は総長がおられますので」

と内海は言って、彼らを応接間に通した。

宗務総長の笹村が現れたのは五分後である。白髪の背の高い痩身の男である。

「これが要望書です」

内海が笹村のテーブルの前に書類の束を置く。

「はい。拝見しました」

笹村は答えると、要望書のほかに組内住職の署名捺印と、妙見寺門徒衆が署名捺印した書類を手に取って、こう告げた。

「教義の問題は教学研究所がその任に当たりますから、しばらく猶予ください」

「何日ぐらい……、ですか」

末長が恐る恐る訊ねる。

「そうですなあ……」

と笹村は内海を見て、内海がなにか言うと、

「二、三か月はかかりますなあ」

と答えた。

「そんなにかかるんかいのう」

綱吉が言った。

「教義の問題ですから」

内海が応じた。

「教義の問題じゃから、早々に議論されるんじゃないかのう」

綱吉が言った。

「そうですが、重要な課題がほかにもありますので」

「総長さんの考えをお聞かせくださらんかのう」

綱吉はこのときとばかりに問うた。

「教義の問題はわたしの任ではないが、まあ言えと言われればわたしなりの了解はありますが」

「聞かせてほしい」

「あなた方は、前世の因縁論は差別だと言っておるが、どうしてそう決め付けられるのか」

笹村は目を剝いて末長を睨んだ。

「うむ……」

末長はその迫力に怯んで、口ごもった。

「この世の幸不幸は全部あの世からの因縁じゃ、と言われて黙っとれるかッ」

語調を荒らげて、綱吉が言った。

「そうは言っていない」

と笹村は宗務総長らしい貫禄を誇示させて、

「前世のことなど誰にも分からないが、それを自己の課題だと捉え直すビューポイント。視点だね。それが大切だとはおもわないかね」

「どう捉え直そうと宿命論は宿命論じゃ。わしら部落民を差別の現実からあきらめさせるための邪法じゃ。わしら部落民にはそれが肌で感じ取れるんじゃ」

綱吉がさらに語調を荒らげると、

「まあよろしいでしょう。事の正否は教学研究所に見定めてもらいましょう」

と笹村は、昂然として言い放った。

四

「それで、どうなったんですか」

俺は非常な興味が湧いてきた。

「話はこれからだよ」

大山は声を弾ませた。

宗務総長らの対応から綱吉は、提出した要望書は容易に受け入れられないだろうと踏んだ。そしてそんなときは、大胆不敵なことを考えていたのである。

「それはどんな計画ですか」

俺が問うと、

「募財拒否だよ」

と大山は答えた。

全国に散在する極楽浄土派の被差別部落寺院やその門徒衆に呼びかけて、毎年納めている募財を拒否するというものだったのである。

「へーぇ、すごいことを考えたんですねぇ」

「そうだよ。すごいことを考えていたんだよ。綱吉爺なら実行してみせたよ。たぶん」

大山は言った。

提出した要望書は綱吉が予見したとおりになった。結論から言えば、前世の因縁論は差別とは言い切れない。宿命論だとの説もあるが、当派においてはあくまでも自覚的認識、自覚道という視点から捉えている。それが教学研究所の見解である、とした。

「予想していたとおりになったわい」

綱吉が大山に言った。

「完全に馬脚を露《あらわ》したな」

「赦《ゆる》せんのじゃけぇ」

「教学研究所長の高野……、といったか。あいつは典型的な御用学者だな」

「とにかく、来月決着を付けてやるけぇ」

来月の五日、回答を受けての確認会が予定されていたのである。

「大山先生にも、ぜひこの会には出てほしいんじゃが。よろしいかのう」

「良いも悪いもないよ」

大山は厳しい表情をした。


確認会は本山宗務所内の会議室で開かれる予定になっていた。参加者は前回のメンバーのほかに大山が加わった。

その日は津山線で岡山に出て、岡山から新幹線に乗ることになった。朝九時、オヤジの車で綱吉と大山がY駅にゆくと、先に来ていた末長が近寄ってきて、

「昨夜はさすがによう寝れんかった」

と苦笑した。

「わしもじゃあ」

と綱吉も言って笑った。

確認会は午後二時から予定されていた。昼過ぎ京都駅に着くと駅の地下街で食事をとり、そ

のあと本山に向かった。

予定どおり確認会は午後二時からはじまった。本山側からの出席者は五人だった。宗務総長の笹村、総務の土井（大臣に当たる）、教学研究所長の高野、総務部長の内海、教育部長の志木である。

内海が司会役になって会合がはじまった。赤い派手なネクタイを締めた教学研究所長の高野が、立ち上がって、こう切り出した。

「深山組は当局の回答に賛同できんそうですが、どういう点が納得できないのか、まずそのあたりから話を進めさせてもらいたいとおもいます」

「それではわたしから申し上げます」

と末長が立ち上がって、

「深山組としては前世の因縁論は差別を肯定する邪法である。これが結論でして……。だから、当局が言われるような自覚道の課題として捉え直すという論法は納得できないと……」

末長の声が震えていた。

「差別を肯定すると言われるが、なぜそう言い切れるのか、指摘ください」

「前世にどんな因縁があるんか、それをまず説明してくれ」

そう言ったのは綱吉だった。

「前世があるとかないとか、そういう問題を当局は論じていません。むしろ当今において不幸があれば、それこそが往生の課題であると捉える。そのことこそがこの教えの要諦だと。これがわたしどもの了解です」

高野は講義でもするような口調で述べた。

「そうでなかろう」

綱吉は素早く反論した。

「前世が悪かったから、この世が不幸なんじゃ。そない言うとるじゃろが。布教使がそない言うた。じゃから念仏して死後極楽に往生させてもらえと。はっきりそない言うた。これが極楽浄土派の教義じゃと。その布教使を呼べ」

「いや……、そうではありません。前世の因縁は当今の課題であると……」

「それでは、当今の幸不幸は前世の行為によるといった布教使の説教は間違いだと認めるんだな」

そう言ったのは大山だった。

「布教使は説明が足りなかったとおもいます」

「足りなかった、だって？」

「はい」

「ならば訊くが、前世の因縁をどう当今の課題にするのか。説明してもらおうか」

「新しい人生の意味を発見するご縁に、ですね」

「詭弁だろ、それは」

大山は声を荒らげて、

「はっきり言ったんだぜ、その布教使は。当今の差別は当今では解決できないから、念仏を称えてあの世で極楽に往生させてもらえと。そう言ったんだぜ、はっきり」

「うむ……」

高野は絶句した。

「いや確かに、言われることには一理がありますね。差別の視点から捉えれば、確かにそう言わざるをえない問題がありますね。有り難い問題提起だとおもう。教団の再興にはさまざまな意見が取り交わされる必要がありますからねぇ」

総長の笹村は肘掛け椅子に軀を凭せかけて言った。

「相変わらず巧妙な対応をやるねぇ、笹村」

大山の科白に、

「えッ」

笹村はギョッとして、斜め右に坐っている大山を見た。

大山が言った。

「久しぶりだなあ」

「…………」

「わしだよ、笹村。下妻だよ」

「下妻……」

「下妻大山だよ」

「あッ」

「思い出してくれたようだなあ」

大山は薄ら笑いを浮かべた。

「どうしてあなたが、ここに……」

「いるかって、かい」

「ああ」

「前世の因縁ってやつかな」

と大山は例のケケケッと薄気味悪い笑い声を立てた。

この二人のやりとりに綱吉のみならず、その場にいる者みんなが呆気にとられた。どう見ても田舎の爺さん丸出しの、痩せた小柄な老人に、笹村が畏怖していたからである。

大山と笹村とのあいだにどんな因縁があったのか。俺はそのことにおおいに興味を覚えた。むろん、くわしく話してもらった。


もう何十年も昔のことらしい。大山に、繁之という息子がいた。その頃息子は、東京に所在する極楽浄土派の東日本教区の教務所に勤めていた。そこには彼を含めて、六人の所員がいた。そして、そのときの教務所長が笹村だったのである。

繁之には親しくしていた所員がいた。石上という岐阜出身の男だった。彼は人付き合いのいい、気のいい奴だったが、賭け事が好きだった。休日にはかならず、大井競馬場や戸田競艇場に出かけていた。

「おれは中穴狙いだ」

と言って、一レースに一万二万の金を惜しげもなく賭けていた。

「あまり深入りするなよ」

繁之がしょっちゅうそう言って、彼の暴走に歯止めをかけようとした。

ところがある日、彼は教区内の一部寺院から納入されていた本山経常費五千万円を奪って逃走したのである。その金は教務所内の金庫に納められていた。

その金庫は高さ一メートル、幅五十センチのものだったが、彼はガスバーナーを使って鍵を壊し金を奪った。

警察は初動捜査の段階から、この犯行は複数犯によるものだ、と踏んでいたという。頑丈なロックを単独で何時間もかけて焼き切るのは周囲の環境から考えて不可能だ、との見解だった。

そして三か月後、石上は旭川のビジネスホテルで逮捕された。フロント係が手配書の男によく似たのが泊まっている、と警察に通報した。

取り調べに当たった刑事が、彼に言った。

「犯行はおまえ一人じゃないだろう」

すると彼は、こう答えた。

「下妻とやりました。ぼくは誘われたんです」

石上のこの虚言を刑事が真に受けたのは、繁之の母親が在日朝鮮人だと分かったからだ、そうでなければあんな惨《むご》い取り調べはなかったろう、と大山が言った。

刑事が教務所に来たのは石上が逮捕されてから、数日後のことだったらしい。教区の研修会が終わって会場の片付けをしていると男が二人入ってきて、女子所員の一人に、

「下妻さんはいますか」

と訊いた。

「あそこにいます」

と彼女は、椅子を片付けている繁之を指さした。

「下妻、か」

近付いてきた男は言い、黒い手帳を出して、品川警察の者だ、警察まで同行しろと命じると、有無を言わせず連行した。

取り調べは厳しいものだったらしい。未決勾留として五日間留置所に入れられ、取り調べを受けたのである。

本当のことを言って早く楽になれよ、と刑事は何度も言ったという。やっていないことはやっていないとしか言いようがないと言っても、やっていなかったらどうして、石上がおまえとやった、なんて言うんだよ。どうしておまえに誘われてやったなんて、出鱈目《でたらめ》を言うんだよ。おまえたちは親友じゃないのか、としつこく迫った。

そうかとおもうと、意外なことをも口にした。

「おまえと石上は親友だったというが、ほんとはそうじゃなかったんだろう。むしろ仲が悪か

ったんだ。しょっちゅう喧嘩をしていたそうじゃないか」

この科白に繁之は啞然となった。誰がそんな出鱈目を言ったのか、と問い質《ただ》した。だが、刑事は彼の言葉を無視して、だから石上は本当のことを言ったのだ、と決め付けた。

それから犯行のことに及ぶと、

「ガスバーナーを使用したんだ。おまえはその晩、裏の役宅にいたそうじゃないか。その音が聞こえなかったのか」

「はい。聞こえませんでした」

「馬鹿を言うな、おまえ。警察を愚弄したら承知しねぇぞう。あんな大きな音が聞こえないなんて、ありえないんだ」

「ほんとです。ぐっすり寝ていて聞こえませんでした」

「嘘、言え。あの強烈なバーナーの音が、同じ建物の中で聞こえなかったなんて、誰がそんな出鱈目を信じるかよ」

「いいえ。事務所とは距離が離れているし、ぼくの部屋の前は広い仏間になっていますから、何メートルも離れた廊下の向こうの事務所の音などは聞こえません。これまでいろいろな催し物があって、経験済みです。疑うんなら、実験してみてください。すぐ分かります」

繁之は確信を持っていた。

すると刑事は、

「確かめてみりゃあ分かることだが」

と言って、

「おまえの母親は朝鮮人だな」

「そうです」

「どんな親だった？」

「どんなって……」

「だからどんな親かって、訊いてるんだよ」

言っている意味がよく分からないので、黙っていると、

「分からねぇ奴だなあ。やさしかったか、きびしかったか、そういうことだよ」

「はい。やさしかったです」

「嘘、言え」

「ほんとです。やさしかったです。どうしてですか？」

「そんなことがあるもんか。朝鮮人がやさしかった、だって？　馬鹿言え。朝鮮人がやさしいはずがねぇよ。おまえは嘘を言ってるんだ。やさしいはずねぇんだよ。おまえは屈折してるんだ。ほんとはやってるのに、やってねぇなんて平気で言える奴なんだよ、おまえは。ほんとのこと、言え。やったんだろ。石上と共謀してやったんだろ。共謀してガスバーナーで金庫の鍵を焼いたんだろうが」

しつこくそう責められて、最後には胸ぐらを取られ、引きずり回されたというのだ。

「ひどいことをやるもんやなあ……」

俺が言葉を詰まらせると、

「五日後に留置所から出てきたときは、身も心もぼろぼろに傷付いていたよ」

大山はそう言い、それから一週間後、近くのビルの屋上から飛び降りた、と告げた。「ぼくは悔しい。やっていないのにやったんだろうと言われて。お母さんも愚弄された」走り書きの遺書が残されていた。

警察に石上とはよく喧嘩していたとか、気性は烈しいほうだったとか、勤務状態にはムラがあったとか、ほとんど事実に反することを口にしたのは所長の笹村だったことが、後で知れたという。

「誰かって、仲が良くても喧嘩することがあるし、仕事にしても気分の乗らない日かて、あるもんや。部下を庇《かば》うのが上司というもんやないんか」

と俺は、笹村の証言に憤った。こんな男が宗務総長になっていることにおどろき、呆れた。

笹村にとっては、大山の登場は意想外の出来事であり、実際驚愕したに違いないのである。その結果だろう、前世の因縁論は部落差別を肯定するものであり、今後は人間解放の教学の樹立に邁進するという、要望書どおりに当局は認めたのである。

「勝ったんですね」

俺が驚喜すると、

「綱吉爺の執念がすごかった。卑劣な教学研究所長の高野も最後には、認識が甘かったと謝罪したよ」

と大山は言って、頬笑《ほほえ》んだ。

第四章　マイノリティーの共感

一

　三男の勲のことで俺は、三日間休みをもらったが、結果四日になってしまった。仲間の堂衆には迷惑をかけただろう、ことに安田にはおおいに世話になったはずだ。なぜなら、俺の担当分、つまり月忌参りをしている門徒の家を知っているのは、彼だけだからである。

　四日目の晩、俺は別院に帰った。堂衆部屋に顔を出すと、みんな揃っており、安田が、

「おお、帰ってきたか」

　と笑顔で迎えてくれた。

「四日間も勝手してすいませんでした」

　俺はみんなに謝った。

「草野さんがおらんかったら、喧嘩する相手がおらんで、赤沢さんが寂しがってたよ」

　吉川が、減らず口を叩いた。

「帰ってきたら、明日でええからわしの部屋に来いと輪番が言うてたぞ」

安田が告げる。

「なにかなあ」

と首を傾げると、

「優秀な奴はこんなとき辛いのう。おおいに期待されとるぞう」

赤沢が皮肉たっぷりに言う。

「いよいよはじめるつもりらしいんや。別院の大修復」

安田が言う。

「教区会や院議会で決まったんか」

俺が訊く。

「決まってないやろ」

赤沢が言う。

「決まってないのにやるのか、いや、やれるのか」

「そこが仏力輪番の根性魂や」

と安田がからかい気味に言う。

「しかし無理やろ、それは」

「わしもそないおもうけどなあ」

今度は安田が真顔で言う。

そのあと、安田と吉川が碁を打ちはじめたので、俺は部屋に戻った。それから一時間ほどして、安田が部屋に入ってきた。

「結構ゆっくりしてきたが、なにかあったのか」

「あったもあった。こんなことはまず一生経験しとうても、できんやろなあ。おまえにこのことを報告しとうてしとうて、うずうずしながら帰ってきたんや」

俺は顔を紅潮させた。

「そうか。そんなにすごいことか。ぜひ聞かしてくれ」

安田は食卓の上にある茶褐色の肉の塊を見付けて、これはなんだ、と問う。

「サイボシや」

「サイボシ？」

「うん。一般には干し肉と言うけど」

「一般？」

「部落ではサイボシ言うんや」

「ぶらく……」

「おれは部落出身なんや。黙ってたが」

「そうやったんか」

と安田はさほどおどろく様子もなく、いやむしろ、その反対の態度を示し、

「わしは在日や」

と言った。

「やっぱり……」

「やっぱりって……、分かってたのか」

「名前からひょっとしたら、そうではないかと」

「わしらは妙に気が合うところがあったのは、そういう共通性があったからやなあ」

「マイノリティーの共感、ちゅうやつかいな」

と俺が一笑すると、

「うまいこと、言うなあ」

安田は感心して、そこにあった包丁でサイボシの端を切り落とし、口に入れた。

そして、なかなかいけると舌を鳴らして、

「どんな話か、マイノリティーの共感ちゅうのを聞かせてくれや」

と声を弾ませた。

俺はここ数日のあいだに起きた一連の事件を、夜の更けるのも忘れて話した。安田も時の経つのを忘れて聞き入った。

「なるほど。お爺さんの話もすごいけど、おまえら兄弟の奪回作戦、感動したなあ……」

安田は眼を潤《うる》ませて言った。

俺にとっては勲兄貴の恋人奪回の行動はたぶんに無謀だったと反省する点もあったのだが、安田においてはそれが斬新奇抜だと言わんばかりだったのである。

「部落差別もひどいが、朝鮮人差別もかなりひどいなあ。どんなことがあった？」

俺は訊いた。

「本気で死のうとおもったことが何度かあるよ」

と安田は言い、頬骨のはった浅黒い、精悍な顔に微苦笑を浮かべた。途端に、幼い頃の情けない顔になったようだ。

中学二年生になった時分からだという。漁師の倅《せがれ》に悪ガキがいた。そいつから毎日のように「チョウセン、チョウセン」と罵られて、ズボンのベルトでしばられたり、柔道をやろうと強引に襟を摑まれて投げ飛ばされた。体育館の裏にある柔道部の部室に連れこまれ、縄で縛られて何時間も放置されたこともあったという。

「悪質やなあ……」

俺はしんから怒りを覚えた。

「ルサンチマンという言葉があるらしいなあ」

安田が言う。

「ああ。ニーチェの用語らしいなあ」

「ニーチェが言うたのか。わしはおろかにも、この言葉で朝鮮人としての自覚が持てるようになったんや」

「差別者にたいする怨嗟《えんさ》のおもい……、か。その気持ち、おれにもよう分かる。おれもまさに、それやから」

語気を荒らげると俺は、身内に起きた部落差別事件を語りはじめた。それは綱吉爺から高校生のときに聞かされた、衝撃的な差別事件だった。

綱吉爺の娘、つまりオヤジの妹、陽子のことである。陽子は幼い頃から、目から鼻へ抜ける利発な可愛い子だった。そして、成長するに従い、その美貌はひときわ人目を引くようになったという。地元の県立高校を優秀な成績で卒業すると、岡山の日本電信電話公社に就職した。二十二の歳だった。その職場で陽子は瀬戸という青年と親しくなり、結婚するところまで行った。瀬戸は京都大学出のインテリだった。職場でも女子職員に人気があり、なにかと話題になる青年だった。「結婚してほしい」と瀬戸からプロポーズされたときから、陽子の悩みが深まった。自分が被差別部落の出身だということを打ち明けるべきかどうか、迷ったのである。むろん陽子には隠すつもりなどなかったが、正直に話したら彼はどんな態度を取るか、そのことに心が奪われたのである。

幼友達にかなえという女性がいた。あるとき彼女にそのことを打ち明けた。「好きな人ができたんやけど、言おうとおもてる」と。すると彼女は言った。「言いたかったら言えばええんやろうけど、言わんでも罰はあたらへんとおもう。なんでかって？　それは部落はなんなんか、いまだにはっきりしてへんし、そこに生まれたというだけで差別されるんじゃやけぇなあ。根拠がないんじゃやけぇ」まったくその通りだ、と陽子はおもった。しかし、もし隠したまま結婚して、あとになって部落だと分かったとしたら……、とおもうと、幼友達の意見には従えなかったのである。
ある日陽子は瀬戸に言った。「隠すつもりはなかったけど、わたしは部落の出なの。それでも結婚してくれるの」そのときの瀬戸の顔は、陽子は忘れられない。ギョッとした、その表情を。

だが、そのあとで瀬戸は、こう言ったそうだ。「そんなこと、関係ないよ。人間に差別があること自体、おかしいよ。きみがもしそのことで差別を受けるようなことがあったら、それこそおれは、そいつととことん闘うよ」こんなすばらしい、愛情に満ちた言葉はほかにあるだろうか……。陽子が有頂天になってもふしぎではなかったのである。結婚するならこの人以外にない。陽子は心の底からそうおもったという。

それから三月ばかり経った日のことである。突然、陽子が実家に帰ってきた。風邪をこじらせ健康がすぐれない、休暇をとってきた、と母親に告げた。しかし一週間が過ぎても戻ろうとせず、部屋に閉じこもったままほとんど顔を見せることさえない。体調が良くならないのなら医者に診てもらったらどうか、と母親が言っても、「うん……」の生返事ばかりである。

あれは帰郷して、十日後のことだった。母親が朝食をとらなかった陽子を案じて、正午前部屋に行った。が、陽子はいなかった。部屋がきれいに片付けられていた。と、そのときである。母親の眼が机の上の赤い表紙の本に行った。帳面だった。手に取ると、挟んであった鉛筆が畳に落ちた。そこを開いて、数分経つと、母親は転がるように走り、居間にある受話器を手にすると、ダイヤルを回しはじめた。だが、まるで人差し指自身がべつの生きもののようにブルブルと震え、短い番号を何度も間違えた。

裏山にいる陽子をオヤジが発見したとき、彼女はすでに息絶えていた。そこは幼い頃、綱吉に連れられて山菜採りによく出かけた場所だった。陽子は縊死していた。赤い表紙の帳面には、遺書が残されていた。


お父さん、お母さん、ご免なさい。陽子は死にます。なにも言わないで死のうと思いました。でもそれでは、両親に対して無慈悲な仕打ちになるのでないか、と思いました。そしてそれは、私自身に対しても同じことが言えそうです。なぜなら、私は私自身に対して、この死の意味を明らかにしなければならないと思うからです。

子どもの頃からお父さんは、よくお釈迦様の話や親鸞聖人の教えを話されましたね。自らに依《よ》って他に依るな。法に依って他に依るな。これはお釈迦様の遺言だと言われましたね。自分自身に依れる者にならねばならんのじゃ、とお父さんは何度も何度も言われました。他に振り回されない、自分の信念にしたがって生きる。これが最も大切なことだと教えてくれました。そして、自らに「依る」は「由《よ》る」とも書くのだと言われました。つまり自分に「由」って生きることが最も大切なことなのだ、と。自分に「由る」ことこそが自由の意味なのだと教えてくれました。また親鸞聖人のことを言われて、親鸞様は「悪人」を救うのだと言われました。「善人」は救われがたい人だ、と。どうして悪人が救われて、善人が救われがたい人なのか、私にはどうしても理解できませんでした。お父さんの生き方を見ていると、それは反対ではないのか、と思えて仕方がなかったからです。お父さんはいつも正しいことを言っているのに、お父さんのことを非難したり、悪く言う人がいます。その反対にお父さんのことを立派な人だと言う人もいっぱいいます。お父さんの主張からだと、お父さんのことを悪く言ったり非難する人が悪人で、この人たちが救われ、お父さんのことを立派な人だと褒める人が善人で、この人たちは救われがたい人だとなります。私にはどうしても納得が行かなくて、お父さんに何度も反撥しましたね。その都度お父さんは困った顔をしていました。

でも、ある日、私はお父さんの主張に、親鸞聖人の悪人正機論に気が付かされたのです。私はハッとしました。それは、自身の愚かさにまったく気付かない人、あるいは気付こうとしない人のことを善人と言い、その反対の人を悪人と言うのだと。差別の問題でとらえると、善人とは自身の差別性を正当化し、けっして認めようとしない人であり、悪人とは自身の差別性に気付き懺悔する人だと分かったのです。

瀬戸という人は善人でした。彼のことはお母さんにも話しましたね。京都大学出のインテリで、女子職員のあいだでもなにかと噂される人です。私ははじめ、そんな瀬戸には関心がありませんでした。私の好きなタイプは瀬戸とは正反対の、不器用で野暮ったい人です。子どもの頃から親しんできたムラの青年のタイプです。ですから、瀬戸に対しては素っ気ないものでした。けど瀬戸は、私の気を惹こう惹こうとしていました。それでも彼の態度に応じませんでした。

あれは仕事が終わって、久しぶりに岡山駅の近くの商店街へ出かけたときでした。そこで偶然瀬戸に出会ったのです。そしてお茶に誘われました。断ったんだけど、しつこく言われて喫茶店に入りました。それがきっかけになって誘われるようになり、食事にも行くようになりました。そして付き合いをはじめると、瀬戸をとてもやさしい人だと思うようになりました。とにかく気が付く人なのです。女性にはみんなにそうだったのかもしれないけど。

明石の釘煮をお土産《みやげ》に持って帰った日のことを覚えていますか。あのお土産は瀬戸がデパートの物産展で買い求めたものです。実家は海に遠いから喜ばれるだろう、と言われて。こういう人なんです。私はしだいに、彼の情の深さに惹かれていきました。好きになっていきました。仕事が終わると毎日街で逢い、食事したり、ときにはお酒を飲みにも行きました。逢えない日はイライラしたものでした。むろん瀬戸からあらかじめ連絡があって逢えないことは分かっていたけど、それでも気持ちが落ち着きませんでした。

瀬戸からプロポーズを受けたのは、付き合ってから三月ほどしてからです。私はすこし考えさせてほしいと言いました。彼は不安げな顔をして、ぜひ受け入れてほしいと言いました。そして三日後瀬戸に返事しました。「ありがとうございました。私もあなたが大好きです。だけど、あなたの申し出を受ける前に、一つ言っておきたいことがあるのです。それは私の出身です。このことは隠していたわけではありませんが、私は被差別部落の出です。それでも、結婚してくれますか？」

こう告げると瀬戸の顔が、ギョッとなりました。私はそれを見逃さなかった。でも彼を責める気にはなりませんでした。いきなり言われたのだから、びっくりするのも無理はないと思ったのです。そのあとです。瀬戸がこう言ったのです。「そんなこと、関係ないよ。人間に差別があること自体、おかしいよ。きみがもしそのことで差別を受けるようなことがあったら、それこそおれは、そいつととことん闘うよ」何とやさしい素晴らしい言葉だったでしょう。被差別者にとって、差別者から親身になってくれる、差別の不条理や矛盾を理解してくれる、このことほど嬉しいことはありませんね。お父さん、お母さん、私はこのとき、愛よりも深い大きな絆を感じたのです。それは、信頼でした。

それから一月ほど幸せな日々が続きました。

あれは昼すぎから大雨になった日のことです。退社したあと瀬戸と逢うため、いつもの喫茶店に行きました。たいてい四、五分遅れるのは私のほうでしたが、その日は十分過ぎても瀬戸は来ません。三十分たっても四十分たっても来ません。なにかあったのかしら……、と心配していると一時間も過ぎてから店に入ってきました。「なにか、あったの?」と訊くと、いやあ、と浮かぬ顔をしています。いつもの瀬戸の態度ではありません。やっぱりなにかあったのだと思い、よかったら聞かせてほしい、と繰り返し言うと、「反対されてなあ……」と口ごもります。なにを? なにを反対されたのか、と訊き返すと、「おれたちのことや」とこんどははっきりと言いました。「私たちのこと、やて? なんで」と私は語気を荒らげました。「うむ……」と瀬戸は言い淀《よど》んだまま、口をつぐみます。「どういうことよ、それ」とさらに強く言いました。が、返事がありません。「なにか言ってよ!」私は腹を立てて大きな声を出しました。まわりの客がびっくりして、こちらを見ました。しかし私は構わず、「なんでやねん、なんでやねん」と問い詰めました。そして、「あんたは、私が部落やということを、親に内緒にしてきたんやろ。内緒にして付き合ってきたんやろが。卑怯者」すると彼は、それを否定しました。「それなら、なんでいまになって反対されるんや」「オヤジは反対しなかったから……」「お父さんが反対されなかったから、べたべたと付き合ってきたんか」「いや、好きやったから」「好きなら、結婚しなさいよ」言うなり私は瀬戸の背広をつかんで店を出ました。どこを、どう歩いたか、なにも覚えていません。とにかく雨に濡れながら歩きました。涙も出ませんでした。「反対されて、あんたはどないする気なんや」「…………」「黙っていては分からへんやないの」「…………」「あんたは言うたよなあ。人間に差別があること自体、おかしい。私が差別されたらその人ととことんまで闘うと。そう言うたよなあ」「うん……」「いま私は、その人に差別されてるのよ。そうでしょ。私は差別されてるんよ。闘ってよ、その人と。闘ってよ。ねぇ闘ってよ、その人と。闘ってよ、闘ってよ！」

　私は瀬戸のネクタイをつかんで、烈しく引っ張りました。大きな彼がころびそうになりました。「なにか言えよ。言わんかったら分からへんやないか」「済まん、許してくれ」瀬戸は泣いていました。その有様に、私は一層腹が立ち、叫びました。「泣きたいのはこっちのほうじゃけぇ。そんな涙、見とうないわ！」

　――お父さん、お母さん、私は瀬戸との結婚に破れて、絶望して死ぬのではありません。そんな愚かな私ではありません。私は瀬戸に、差別の冷酷さ非情さを思い知らせるために死ぬのです。差別はどんなにひどい仕打ちか、思い知らせるために死んでやるのです。

差別と闘うのは、生きて闘うだけがすべてではないと思います。死をもって闘うこと、これほど激烈な闘いがあるでしょうか。釈迦の生死一体の教えを教えてくれたのは、お父さんです。死ぬことによって真に生きる意味を問う、そういう死を死にたいのです。生意気なことを言ってご免なさい。二十二年という短い生涯でしたが、私は幸せでした。お父さんとお母さんの子どもに産まれて幸せでした。先立つ私を許してください。

陽子

「壮絶な死やなあ……。賢い人やったんやなあ、叔母さん。しかしこんな死に方されたら、相手の男はどないしたらええかのう。いや、どないなるかのう」

安田は舌を巻きながら言った。

「どうなったか、くわしいことは知らんが、オヤジによると職場を追放されて、行方不明のような状態になったらしい」

「それは、そうやろなあ。あんな遺書を残されたら、まともな人間なら平気では生きていけんよ」

と安田は言う。

「それはそうと安田、おまえに大山先生を紹介したいんや」

「おお、ぜひ会わせてくれ。お爺さんが敬愛した怖ろしき乞食坊主に、ぜひお会いしたい」

次の日の朝、晨朝の勤行が終わって後門に出てくると、

「草野、食事が済んだらわしの部屋まできてくれ」

言うなり仏力は、いつものように小股でせかせかと後門を出て行った。傍にいた安田が、あのことだとめくばせで知らせた。朝食をとったあと俺は、輪番室に行った。

「長いこと、勝手して済みませんでした」

俺はこのたびの休暇を詫びた。

「安田に感謝せぇよ。普段の倍、参ったんやからなあ」

「はい」

「きみの担当分は二百なんぼやった？」

「十軒です」

「みんなにも言うたんやが、別院の大修復をぼちぼちはじめようかとおもとる。それでこの趣意書と同意書を月忌参りの折に配ってほしいんや」

言って仏力は刷物の束を、俺の坐っているテーブルに置いた。

「大丈夫、ですか」

「なにが？」

「教区会と院議会」

仏力の顔色が変わった。

余計なことを言ったようだ。

「教区会や院議会に承認されんでも、輪番の権限でやれるんじゃや。えらそうな口利くな」

いやご尤《もっと》もです、差し出がましいことを言いましたとばかりに、俺はへりくだった。

「わしはきみを信頼してるんやから」

と仏力は穏やかな物言いになって、

「五か年で一軒百万円なら、文句は出んやろ」

「さあ……」

「末寺でも百万、集めてるんやでぇ。別院の直参がそれぐらいできんかったら笑われるぞ」

ずうずうしいことを考えているなあ、と俺はそのときおもった。なぜそこまで修復に執着するのか、そのことがおおいに気になった。

以前仏力から院議会の中山議長に個人的に会わせてほしいと頼まれ、彼にそのことを告げたが、そのとき彼はこう言ったのである。

「それはちょっと遠慮しとこか。はっきり言っていまはまだ、輪番とは話したくないんや」

この言葉で俺は、別院の大修復には賛同できない理由があるのだと気付いたのだが、そのことをあらためて仏力の発言で思い起こしたのである。

(キナ臭い男やなあ……)

俺は心の中で呟いた。

そのあと、部屋に戻って月忌参りの支度をしていると、安田が入ってきて、

「修復の件やろ」

と問うた。

そうだと答えると、教区会や院議会を無視して実行できるわけがないだろう、と安田が言うから、

「それもそうやが、この修復には相当なウラがあるなあ」

「ウラ？」

頓狂な声を上げた。

「どんな……」

「たぶん、な」

「はっきりしたことは言えんけど、ウラがあることは確かやなあ。院議会議長の中山さんがえらい警戒しとる」

「中山さんが？」

「うん。中山さんとこのことで話し合いたいと輪番が言うから、中山さんに伝えたら、即座に輪番とはいまは会いたくないと言われたからなあ」

「へーえ、そんなことがあったんか」

安田が呆れた顔をした。

「しかし一つ腑に落ちんのは、仏力の迫力というか、自信というもんがなんなのか、どこからきとるんか……、それが気になる」

俺は言った。

「なんや、それ。なんのこっちゃ」

安田が問う。

「院議会議長や教区会議長の反対を押し切ってでもやろうとする、その自信はどこから湧いてくるんか、や」

「なるほど。本山の参拝接待所でお茶汲みをしていた男が、大別院の輪番になったからいうたかてなあ」

「もし強行すれば、当然二人の議長は黙ってないやろ。教区あげての問題になる。本山に抗議されて輪番をクビにならんともかぎらん。そのことが分かってないほど馬鹿でないやろ」

「それはそうや」

「いったい、仏力にどんな力があるんかいな。本山を黙らせるくらいの力がないと、この大修復の強行はできんとおもうがなあ」

「そういうことかあ……」

安田はおもわぬことに気付かされたのか、神妙な顔をして頷く。

輪番という職は字のとおり大勢の人がかわるがわる順番にするまわり番のことだが、人選は本山の重要ポストにいる宗務役員が行なうのである。だから、仏力の自信たっぷりの根拠は、当然ながら人選の任務に就いている宗務役員にたいするものだと分かるのだ。

「どうせ彼の本山にたいする力は金か、なんかそんなもんやろうが、しかしうんざりやのう」

俺は仏力がやろうとする別院の大修復に、しんから厭気が差した。その気持ちが安田にも伝

わったのだろう、

「わしらは輪番の片棒を担ぐことになるんか、結局は。草野、そういうことか」

「そういうことやなあ」

「まったく勝手にしやがれ、と言いたいところやが……、どないすりやええかのう」

と安田は忌々しい顔付きをする。

二

そのことがあってから、十日ばかり経った日のことだ。月忌参りを終わらせて夕方堂衆部屋に入ると、吉川が、

「えらいことになった」

と顔を曇らせて言った。

どうした、と訊くと、登日が法事の布施を着服しているのが仏力にバレた、というのである。

「布施を着服？」

「うん」

厄介な問題を起こしたなあ、とおもった。三軒の法事の布施を五度にわたって着服しているのが分かったという。調査すればかならず、ほかにもあるだろうということだった。

着服の事実が明らかになったのは、登日が勤めた法事の布施を渡しそびれた門徒が、別院に

届けにきたからだった。

「輪番、怒っとるやろ」

「かんかんですわ」

「登日は？」

「いや、それは知らん」

「安田らはそのこと知ってるのか」

「知ってる」

話をしているところへ安田と赤沢が入ってきた。

「登日が面倒なことを起こしたらしいなあ」

安田に俺が言うと、

「そうなんや。輪番、えらい剣幕や。今夜七時に全員、輪番室に集まれ、言うとる」

と言った。

安田とよく行く近くの喫茶店で簡単に夕食を済ませると俺は、輪番室にいそいだ。応接間のドアを開けると、全員ソファーに坐っている。

五分ほどして仏力が入ってきた。そして正面に腰を下ろすと、「登日を今日付けで、クビにした」

と言った。

俺たちは黙って仏力の顔を見ていた。

「一軒二軒ならええが、調べたら十軒も出てきた。あくどい奴じゃ。告訴するつもりや」

「告訴？」

安田が目を丸くした。

「うん」

「そこまでせんでも……」

「なんでや」

「なんでって……」

「布施泥棒やぞう。立派な犯罪行為じゃ」

「しかし告訴まで……」

俺は言った。

「おまえらが、そんな甘いこと言うとるから、登日みたいな奴がのさばるんじゃ」

仏力の飛ばした唾が俺の顔に当たった。

「彼は窃盗の常習犯で少年院に入っていたんですね」

吉川が言った。

「そうや。しかしいまは真面目になってると保護司の飯田さんが言われるもんやから、採用したんや。あのやさしい飯田さんまでも裏切りやがって……」

こんな男は赦せんのだ、と仏力はふたたび唾を飛ばした。

登日は飯田の寺にいた。馘首されるのは当然としても、告訴されるのだけはなんとしても思い止まってもらおうと飯田は翌日、仏力に会いにきた。これは吉川から聞いた話だが、飯田は保証人としての自分の責任を詫び、横領した布施は自分が弁償するから、どうか告訴だけはしないでほしい、と嘆願したそうだ。だが、頑として仏力は飯田の願いを聞き入れなかったばかりか、

「あんたは福祉の仏さんやと言われているが、わしにはそのやさしさが気に入らん。やさしさと残酷は両極やからなあ」

と、せせら笑ったという。

「やさしさと残酷は両極だというのは、おれにも分かるが、しかしその科白は誰にたいして吐いたんか。飯田さんにたいしてか。どういうつもりや」

俺が言った。

「よう分からんやっちゃなあ」

安田が言い、

「とにかくあいつは、人を憎むことしか知らん」

登日が横領罪で逮捕された日の夕刻、俺と安田は三ノ宮の居酒屋にいたのである。

「おれもそないおもう。確かに仏力からは人を憎むことしか感じられん」

俺は言いながら安田にビールを注いで、

「彼の残忍性に腹が立ってきた……」

「うん、わしもじゃ」

「なにか仕返しができんかのう」

「仕返し、のう……」

「このままでは腹の虫が治まらん」

「そうやのう……」

と言って、しばらく考えていた安田が、

「あれをやるか」

「あれ？」

「恋人奪回作戦……」

「おれとこの兄貴の話か」

「あれを実行するんじゃ」

「実行？　なにを実行するんや」

「別院の門徒を奪い取るんじゃ」

なるほど、と俺はおもった。すごい発想だ。

「ええのう」

俺はいっぺんに気に入った。

「……とはいっても、どうやったらええか、やなあ」

「任してくれ。おれに考えがある」

そのとき咄嗟《とっさ》に、これだ、とおもうことがあったのである。

俺はうきうきしながら、

「任しといてくれ」

ビールをグッと一気に飲み干した。

三

その日はこの月の末日だった。月末だけは堂衆全員休日である。俺は朝早く電車で実家に帰った。ＪＲの三ノ宮駅から新快速で姫路までゆき、そこから姫新線に乗り換える。ローカル線である。実家があるＹ駅まで約二時間近くかかる。

十時頃駅に着いて、駅前からタクシーに乗った。店の前で車を降りると、ちょうど店の手伝いにきている八重が、

「どうしたんか？」

突然の帰宅におどろいた顔をした。

大山先生に会いにきたのだ、と告げると、納得して、

「二宮八幡さんの下の上田さんの家に行ってくれんか。おばあさんが亡くなって、お父さんと勲が行ってる」

と言った。

「分かった」

と俺は答えて、店の軽トラを走らせた。

葬儀屋をやり出したのは綱吉爺だが、店を大きくしたのはオヤジである。この仕事が軌道に乗るまでオヤジとおふくろは、衣類などを扱う行商をつづけていた。ホロをかけた軽トラックで、四国や和歌山は言うに及ばず、九州一円まで回った。オヤジはソツがないことで、評判を取った。売れ筋はなにか、どういうものを持っていけばよろこんでもらえるか、つねによく調べていた。

葬儀屋をお爺とやるようになっても、研究熱心は変わらなかった。どう遺体を扱うべきか、遺族に納得してもらうためにはどう扱ったらいいか、を考え、工夫した。たとえば、裸にして湯洗いをしたり、アルコールで拭く湯灌などは当たり前だが、オヤジはいまでは誰もがやらなくなったことをやる。今日では病院で亡くなる人がほとんどだが、オヤジは息を引き取るとすぐ遺体を自宅に運ばせる。そして湯灌を済ませ、白装束に着替えさせる。そのあと、男性だと頭を剃るのである。女性だと後ろ髪を半紙ですこし巻き、紐で結ぶ。剃髪の略式である。最後に三角巾を頭に付ける。こうした、剃髪をして白装束を着用する冥土への旅立ちが話題になり、地方新聞でしばしば取り上げられた。そんなオヤジの軀から、ときおり屍臭が鼻を衝《つ》くことがある。

「臭いなど問題じゃないんじゃけぇ。気を遣うのは、時間が経った遺体を棺に入れるときじや」

　綱吉爺から教わったのだろうが、オヤジの口癖である。時間が経った遺体は硬直が烈しい。棺に納めるために曲がった脚や腕を、力任せに伸ばさねばならない。バキッバキッ……。おもわず遺族の顔を見てしまうというのだ。

　このオヤジが、飲む、打つ、買う、の極道者で、おふくろは苦労のかけられっぱなしだった。俺が高校を出て、大阪に行った二年後、おふくろは乳癌を患《わずら》い死んだ。死の間際におふくろはオヤジに、「お父さん、ありがと」と言った。オヤジは男泣きに泣いた。それを見て俺は、「なんじゃい」とおもった。

　上田家にゆくと、オヤジと勲が遺体を棺に入れているところだった。

「洋介。脚のほうを持て」

　オヤジが俺の顔を見るなり言った。

　つづいて勲に、

「もっとしっかり持たんかい」

　と怒鳴りつける。

　おとなしい勲は文句も言わずに、オヤジの言うとおりにやっている。

「その後、紀子さんとはどうや。うまく行ってるか」

　傍にきた勲に、俺は強引に連れ出した顚末を気にして訊ねた。ずっと気にかけてきたことである。

「すこしごちゃごちゃしたけど、心配ない。わしらはうまくやってる」

と勲は穏やかな笑みを浮かべた。


事前に連絡を取っていた大山は家にいた。

「わしに相談したいことがあるとは、穏やかでないねぇ」

例によって日本酒を茶碗に注ぎ、俺にも注ごうとする。

「いや、きょうは酒は遠慮します」

と俺は言って、これまでの経緯、つまり登日のことや告訴の件、それにともなう仏力の傲慢な振る舞い、そしてそれにたいする俺と安田との反撃行動などを報告して、

「先生に一肌脱いでほしいんです」

「門徒の略奪か……。反乱をやらかそうというんだな」

「そうです」

「痛快なことを考えるなあ」

「駄目ですか」

「感心してるんだよ。やっぱりきみは、綱吉爺さんの孫だよ。面白いなあ」

と大山は豪快に笑った。

「いや、この反撃行動は同僚の安田という男が考えたんです」

と言い、どう具体化するかはこれからだが、実行に移す段階にきたら報告します、と俺は大

山に告げて、その日のうちに別院へ帰った。

その翌日の晩、俺は安田の部屋にゆき、大山に会ってきたことを告げた。

「あの件で、か」

安田が言う。

そうだ、と答えると、

「それで話はまとまったのか」

と訊く。

「まとまるところまでは行かんが、大筋ではこうだ。聞いてくれ」

と俺は言って、自分の考えていることを話した。

それは、大山の説法を中核に据えた新しい仏教復興運動だと言った。もともと仏陀が仏教を興したのは、仏陀以前からあったインドの差別民俗宗教、バラモン教から民衆を救い出すためだった。カースト制度という差別体制を築いたヒンドゥー教の前身バラモン教から民衆を救うことにあった。親鸞はこう言っている、釈迦が仏教を興したのは「群萌《ぐんもう》」を救うためだった、と。群萌とはどういう人々のことを言うのか、俺なりに考えると、それは道端に生えている雑草のように踏まれても踏まれても逞しく生きている民衆、虐げられながらも必死で地を這うように生きている人々。こうした多くの民衆を救うために、仏教という新しい宗教を興したのだ。親鸞はそう言っているようにおもう。だが、それがいつしかアビダルマという仏陀の教説を理論的にまとめるものに変わっていったために、平易な教えだったのが難解になり、民衆が「仏教」から離れていった。つまり彼らは仏教に絶望したのだ。そして、この状況は現代においても変わっていないのではないか。いまだもって既成仏教教団はアビダルマ哲学の呪縛から解放されていないのではないか。いまこそ、社会的弱者が救われる人間解放の仏教を立ち上げるべきだ。こう俺は熱っぽく語った。

「なるほど。いまの仏教教団は何宗も葬式産業になっとるからなあ。これにメスを入れる、ちゅうわけか」

安田は言った。

民衆の手に仏陀の仏教を取り戻す、そういううねりを創り出したいのだ、と俺は言った。

「親鸞はそうやった」

「そうや」

「親鸞に帰ろう、ちゅうことか」

「そういうこっちゃ」

「ええのう」

安田は感嘆する。

そこでまず実行しなければならないことは、別院の直参門徒を俺たちの手中に収めねばならない。むろんこの行動は仏力のみならず、教区の住職たちにも秘密裡に準備を進めねばならない。

「バレたら、それこそ僧籍剥奪や」

安田が言って笑う。

秘密裡に進めるためには直参門徒衆にたいし、運動の趣旨は文章でなく、口頭で訴えてゆくほかないだろう。

「そうや。証拠は残せん」

安田は頷く。

大筋だが、いま考えられることは以上のようなものだ、と言い終えると、

「いやあ、よう考えたなあ」

と安田はよろこんで、

「話はよう分かった。二人だけでやるのか。吉川はべつとして、赤沢のことはどないする」

「あいつ、大丈夫かなあ」

「へそ曲がりなところはあるけど、裏切るような人間ではないとおもうがなあ」

「そうか」

安田がそう言うのなら間違いはないだろう、よい機会を見て話そうということになった。


赤沢とは反りが合わないというか、虫が好かない俺だったが、安田の言葉を信用していると、意外に早く赤沢との話し合いができた。

赤沢の遠縁に当たる庶務係の石橋が、登日の布施横領の件で彼とグルになってやったのではないか、という疑いを仏力にかけられ、怒りくるった石橋は翌日、仏力に辞表を叩き付けたの

だが、そのことが当然赤沢を激怒させた。

「あの堅物の石橋さんを疑うんやからなあ……」

話を聞いた安田は仏力の根性に呆れ、腹を立てた。本当に、どうしようもない、根性の曲がった奴だ、とおもった。石橋の堅物は教区の住職たちも認めているところだったのである。

「まったく、どこまでも根性の腐った奴や」

安田が毒づくと、赤沢が、おれも厭になった、辞めるつもりだ、と言ったので、彼は、

「その必要はない」

と畳みかけ、企てている別院直参門徒略奪戦の話をして、仲間に加わらないか、と誘った。するると赤沢が、自分にも手伝わせてくれ、とむしろ積極的に言ったというのである。


いよいよ俺たちの闘いが、吉川を除いて三人で実行に移されることになった。三人の会合は吉川にバレないようにと、夜九時を回ってから俺の部屋でやることにした。

最初の話し合いの晩、安田が言った。

「大山先生に説法してもらう会所やなあ。アパートでも借りるのか」

「うん。それやなあ……」

俺にも、そのことは気になっている問題だった。

「何十人も集まってもらうとなると、アパートではあかんし……」

そう俺が言ったとき、

「会所なら当たってみるとこがある」

赤沢が口を挟んだ。

「えッ。当てがあるのか」

俺はおもわず訊いた。

「うん。当たってみんと分からんけど、伯父さんが守《もり》している寺がある。空き寺や」

「ほう」

安田がうれしそうな顔をする。

「頼めたらええなあ……」

俺も胸を躍らせる。

「その寺は極楽浄土派か」

安田が訊く。

「いや、違う」

俺の知らない宗派名を、赤沢は口にした。


それから何日も経たないうちに、赤沢から、借りられるとの返事があった。その寺は新開地に近いという。下見しようと三人で出かけた。密集する町家のなかに立っていた。気を付けながら歩かないと、見過ごしてしまうほど小さな荒れ寺である。狭い境内に、大きな太い樟が幹だけ残して立っている。堂内はどうなっているか、おそらくひどい荒れようだろうとおもって

いると、

「案外広いやないか。荒れているけど、きれいに掃除すれば使えるぞう」

先に本堂に入った安田の声が、境内にいる俺の耳に届いた。

「草野、来てみい」

と俺を呼ぶ。

「うん。なるほど、これなら大丈夫や。掃除すれば使える」

堂内に足を踏み入れた俺は言った。

が、三十枚の畳は表替えをしなければならないほど傷んでいた。

「仏具はおおかたのもんは揃っとるようやなあ」

内陣のなかに首を突っこむようにして安田が言う。

「しかし、畳が相当に傷んでるなあ。表替えをせなならんなあ」

俺は足で畳を踏みながら言った。

真に民衆の手に仏教を取り戻す、俺たちの仏教復興運動は、〈新しい仏教の会〉〈略して〈新《しん》仏会《ぶつえ》〉〉と命名された。

「いよいよやのう……」

俺が感慨無量の面持ちで言うと、

「あしたから門徒へのオルグをはじめるぞう。草野、赤沢、締まって行こうぜ」

安田が発破をかける。

だが実際に〈新仏会〉へのオルグをはじめると、俺はオルグというものが、どんなに困難であるかを思い知らされた。その困難さは端的に言えば、仏教にたいする関心の薄さだったろう。俺にはほとんどの門徒衆は教えなどどうでもよい、仏壇の前で経をあげてもらえばよい、先祖供養さえしてもらえれば満足だ、それ以上のものは必要でない。そうおもっているとしかおもえなかったのである。新しい仏教運動を興すことなど、夢の中の夢なのか。そんなおもいに沈んでいたとき、勇気付けられ、励まされる門徒が現れたのである。

松原という家だった。月忌参りの読経がすんで向き直ると、この家の六十半ばぐらいの主人がいつものように後ろに坐って手を合わせているところだった。そしてお茶が出されてしばらく話を交わしたあとで、

「新しい仏教運動というのを、興そうとおもってまして」

と言った。

すると主人が、

「ほう。新しい仏教を……」

と興味を示した。

そこで俺は、安田らと確認しあった運動の趣旨を話した。そのなかでとくに、社会的弱者の手に取り戻す仏教のうねりを創りたいのだ、と強調すると、彼はこう言った。

「それは素晴らしい運動だとおもいます。わたしは反対はしませんけど、しかしわたしには、

いやわたしのような人間には、もっと根源的な教えをおしえてもらいたいですなあ」

「根源的な、と言いますと……」

「救いとはなにか、といったような根源的な問題。存在にかかわるような根本問題」

「はあ……」

「仏教に求められているのはそういうものではないですか。それ以外に、なにを求めよと言われるんですか」

「うむ……」

俺は絶句した。

仏教に求めるのは、救いだけだ。それ以外に、なにを求めよと言うのか。この言葉に俺は絶句したのだ。強い衝撃を受けたのである。

確かに俺は心底から救いを求めている。それは部落差別からの解放ばかりではない。人間存在として、深い悩みを持っている。なんで俺はこうなんだ、といたたまらなくおもう問題がある。それは人間存在ゆえの悩みであり、悲哀である。そのことを、この門徒は指摘したのではないのか……。

俺はすっかり意表を衝かれた。

「有り難うございます。おおいに参考になりました」

と言って頭を下げると、

「期待してます。ぜひ新しいうねりを打ってください。そのときはわたしも参加させてもらいますよ」

主人は穏やかな人柄を見せながら、新しくお茶をいれてくれた。

「有り難うございます」

と俺はただただ頭を下げるほかなかったのである。

そして、この家をあとにすると、

（ええ話を聞いたなあ……）

と、独りごちた。

〈新仏会〉の指針は救いを課題にしなければならないのだ、民衆の手に仏教を取り戻すことは、つまり、救いとはなにか、本当の救いとはなにかをあきらかにすることなのだ、それこそが人間存在の窮極的課題なのだ、これをあきらかにしないで仏教の存在価値はない。親鸞を学ぶ価値はないのだ、よくぞ気付かせてくれた、と心が弾んだのである。


毎晩打ち合わせのようなことを俺の部屋でやっているが、その晩も三人、焼酎を飲みながら膝を突き合わせて、オルグの進捗状況を話し合った。そして異口同音に運動の趣旨を理解してもらう困難さを口にするなかで、俺は言った。

「きょうはおれは、門徒さんに教えられたよ。盲点を衝かれた、というか、ああこういうことがおれには分かっていて分かってなかったなあ、と気付かされた」

「なんや、それは？」

安田が目を向ける。

「仏教を、マイノリティーの手に取り戻すうねりを打つ運動の理念はそれでええんやが、仏教の課題は救いやないのか、と言われた」

「救い、な」

安田が言う。

「え？　救いを課題にするてかあ、いまさら。おれたちは新しい仏教を興そうとしてるんやでえ。なんでいまさら救いなんや。陳腐すぎる」

赤沢が尖った声で言った。

「うむ、なるほど」

安田が同調する。

「救いは陳腐か？」

俺が赤沢に訊く。

「陳腐や、違うか」

「どこが陳腐や」

「いまさら、という感じがする。この運動に相応《ふさわ》しくないからや」

「そうかなあ。おれにはむしろ新しい、ラジカルなテーマやとおもうが」

「なんでそないおもう？」

安田が問う。

「仏教教団は確かに救いを言うよ。どこの教団も。しかしおれには、それらの話がことごとく空虚なものになっているというか、なるほどと頷けないものがほとんどなんやなあ。たぶんその原因は話がじつに観念的で概念的すぎるからやとおもう。そうはおもわんか」

と安田に向かって言う。

「うん、そうやなあ。確かにどの坊さんも救いを説くが、切実さが感じられんなあ。口先だけ、という感じがするなあ」

「そやろ。おれは、そこを問題にしたいんや。そこに急所があるとおもうんや」

俺が言うと、

「誰がそんな仏教を語れるかや。そんな御仁がおるんかいな。この周辺に」

赤沢が冷やかな笑みを浮かべる。

「おる。大山という先生や。赤沢にはまだ言うてなかったが、おれの田舎に素晴らしい人がおるんや。安田も、そのことは知っとる」

「草野の言うとおりや。確かに仏教のなんたるかを語れる人や。素晴らしい人や」

安田が言うと、

「しかし、どんなええ話をしても、ふつうの人に分かってもらわんことには話にならんからなあ」

と赤沢が反論する。

「それはそうや。赤沢の言うとおりや。ふつうのおっちゃんやおばちゃんが理解できる話をしてもらえんとな」

　と安田が言い、俺に、

「大山先生にはその点をしっかり言うてくれよ。間違いはないとおもうけど」

　念を押す。

「もちろんや。その点は抜かりない。十分に伝えるよ」

　俺は言った。


　三か月間の準備期間を置いて、その年の四月、〈新仏会〉結成記念式と第一回「説法の会」を開催する運びとなった。その四月実施の日程を決めるため、俺と安田（赤沢は用事ができて来られなかった）が大山に会いに行った。

　俺から連絡を受けて、大山は待っていた。

「おお、来たか。まあ上がれ」

　大山は声を弾ませた。

　部屋に上がると、例のとおり酒が出た。俺たちも土産に一升壜を下げてきた。今夜は実家に泊まることにしているから、二人とも遠慮なく飲むことにする。

　酒の肴を用意して台所から出てきた大山に、俺は安田を紹介した。

「前にこの運動のことで言った堂衆の安田さんです。親友です」

「安田です」

と彼は丁寧に頭を下げて、

「先生の奥さんは在日だったそうですねぇ」

「二世だよ。それが？」

「ぼくは三世です」

「ほう、そうか。それで出身は」

「チェジュドです」

「済州島か」

大山は嬉々とした。

そのあと大山は安田に、南朝鮮単独選挙に反対する武装蜂起（四・三蜂起）についていろいろ語っていたが、それが終わった段階で俺が言った。

「来月、〈新しい仏教の会〉の立ち上げと説法の会を開きたいとおもうんですが、先生の日程を聞かせてもらえませんか。空いていたらその日にしたいんですが」

「いつでもいいよ、わしは」

「それでは月末ということで」

と俺は安田に、確認のめくばせをして、

「それではそういうことでお願いします」

「いよいよやるんだな、反撃」

大山が言った。

「はい」

「何人に呼びかけたんだね」

「全員です。何人になるかなあ。六百人ぐらいかなあ」

俺は安田に言う。

「そのぐらいにはなるやろ。一人平均二百軒お参りしとる計算やから」

「それで何人ぐらい来てくれるかな？」

「幕が開かんことにはなんとも言えませんが、熱心にオルグしたよなあ、安田」

「やった。とにかくやりまくった。日頃親しくしている門徒には、どうか出てきてくれ、わしを男にしてくれ、とまで言うたよ」

「そこまで言うたのか……」

俺が半分呆れながら笑うと、

「とにかく出てきてもらわんと話にならん。来てくれたら、こっちのもんや。ねぇ先生」

安田は大分酒が回ってきたと見えて、声高になっている。

「しかし、面白い奴だなあ。そこまでやるとは」

と大山も笑った。

「いや、おれも似たり寄ったりのことをした。争奪戦やから、なりふり構わずやりまくったよ」

と俺も声高になっていた。

なんとしても、仏力に一泡吹かせねばならん、と俺はこのときも強くおもったものだ。

「こんなことは先生に言うまでもないことですが、とにかく参加者には度肝を抜くような感動的な話をしてください。仏教の教えに無関心な人や、絶望している人が多いんですから」

こう俺が言うと、大山が、

「仏教教団の退廃は、坊主が酒ばかり飲んで修行しなくなったり、女遊びに明け暮れたりするからだと、一般にはおもわれているようだが、わしはそうはおもわないね」

と言った。

「えッ、違うんですか?」

俺は意外な言葉におどろいた。

「違うねぇ。問題は、なぜ人は救いを求めるのか、宗教を必要とするのか、そのことに坊主が応えられなくなったからだよ。根源的問題に応えられなくなったからだよ」

「それは坊主自身が救いを求めなくなったからや、ということですか」

安田が問うた。

「救いを求めざるをえないものがない、ということだね。救いを求めようとしても求められるものでないからね。求めざるをえない状態にならないと、求められないからね」

「それは業ということですか」

俺は言った。

「そういうことだ。求めたいとおもっても、求められるものでないということは、頭で考えられる問題ではない、ということだね。業だよ、罪業の世界だね」

と大山は言って、

「救いを必要としていない坊主には救いは語れない。語ったとしても説明や解釈に終わってしまう。だから民衆は付いてこなくなった」

「そういうことですねぇ」

と俺は、自分の考えていたことに間違いがなかった、と自信を深めた。

「先生、一つ教えてください。信心の社会性というのはどういう意味ですか」

安田が問うた。

「それは、社会問題に応えられる信心。そういうことだろう。キリスト教の解放の神学、そういう問題だね。部落差別や外国人差別に応えられない宗教など問題外だが、わしは仏教の根本精神は社会問題に応えることにあるとはおもえないねぇ。救いだよ、悟りだよ。それがいのちだよ」

と大山が答えた。

「そこをぼくは聞きたい。ぜひ聞かせてください。お願いします」

安田は深々と頭を下げた。

四

〈新仏会〉設立式典と同会主催による「説法の会」は、予定どおり四月末に行なわれた。しかし当日まで、つまり幕が開くまで俺たちは何人来てくれるか、見当も付かなかった。

「まあ、四、五十人来てくれたら上々の出来栄えやろ」

と安田は自分自身を諭すような口調で言った。

ところが幕が上がると三十畳の本堂は、立錐の余地もなく、外縁に坐る人が続出した。参加者には受付で名前と住所を記載してもらったが、それによるとゆうに百人をこえていた。参加費はいくらと決めないでカンパにしたが、二十万円をこえる金が集まった。大山にそこそこのお礼ができる、と俺たちはよろこんだものである。

結成式は三人で勤行し、その後、同会の代表者になった俺が〈新仏会〉結成の趣旨を説明した。

そのあと十分間休憩を取って、大山の説法がはじまった。俺自身も大山の話を聴くのは初めてである。講題は「助かるということ」。大山が考えて付けた。俺たち三人は外陣に坐る場所がなかったので、内陣の余間で聴聞した。『歎異抄』第九条を中心に、話は展開していった。訥々《とつとつ》と語る大山の口調が、第九条の内容と相まって、対位法的な効果をもたらした。

俺には一時間半の講話がすごく短く感じられた。それは俺だけではなかったはずだ。講話のあと、質疑の時間を取っていた。しかしあまり質問は出ないだろうと踏んでいたら、その予想が見事に外れた。

「これまでいろいろなところで聴いてきましたが、きょうほど感動したことはありません。有り難うございました」

五十歳ぐらいのサラリーマン風の男性が立ち上がって言った。そして、

「救われるということは、いつまでもくよくよと思い悩む障りがなくなることだと言われましたが、そんなことは可能なんでしょうか」

と、率直に疑問も呈した。

「はい。可能です。とことん苦しみ悩めば、それが分かりますよ」

大山は笑みを湛えて答えた。

「とことん苦しめば……、ですか」

「そうです。とことん苦しめば、です。そうなれば、くよくよしてもはじまらないのだ、人生、なるようになれだ、と覚悟ができる。苦しみ抜けば、かならずその覚悟ができるはずです。苦しみの中に救いがあると言ったのは、そういう意味です。善の中に善はない、悪の中に善があるのだと言ったのは、そういう意味です」

「先生」

いきなり後方から声がして、男が立ち上がった。病人だとすぐに分かるひどい顔色をしていた。

「わしはいま癌で、医者からあと半年の命やと言われとるが、どないしたらええんかのう」

「如来に任せ！」

老師の一喝にあうがごとき、だった。

「………」

「半年の命だと医者は言ったというが、ほんとにそうかどうか、本当のところは医者にも分からないんじゃやないのか。生存率が何百分の一、何千分の一だとしても、その一パーセントがあるかぎり死は絶対だとは言えない」

「はい……」

「先の分からないことにくよくよしてはならないのだ。あんたはもうそのことに気が付いているのでないのか」

「………」

「どうなんだ」

「はい……」

「死期を目前にした死が、そのことを教えてくれているのでないのか」

大山が活を入れるように、こう言い放つと、男は口を手で塞《ふさ》ぎ、グググッと嗚咽《おえつ》した。

「死にたいする恐怖や不安に陥ったときは、所かまわず泣き叫びなさい。家族がなんと言おうとお構いなしに、思いっきり泣き叫びなさい。一週間も泣き叫べば涙は涸れる」

〈新仏会〉の結成は門徒じゅうにかなり大きな反響を呼んだ。俺が担当する門徒のなかには、大山の話は難しいという人もいたが、多くの人はぜひ聴きたい、次回もぜひ連絡してほしい、と言った。

俺に、救いとはなにか、それをぜひ聞かせてほしい、と言った門徒、松原はその日参加していることに俺は気付かなかったが、翌月月忌参りにゆくと、

「大山先生の講話、素晴らしかったですねぇ」

と言った。

どんなところが、と訊ねると、

「苦しみの中に救いがある、と言われたこの言葉に、ハッとさせられましたよ。わたしなどは苦しみから逃げることばかり考えていましたから」

「こういうのを他力というのかもしれませんね。苦しみが救いをもたらす……」

俺が反応を示すと、

「ああ……、そうですねぇ」

と彼は目を丸くして、

「そう言われるのなら、よう分かります。それが他力だと言われるのなら、よう分かります。そういう言い方で他力を説明してもらえれば」

と、上擦《うわず》った声を上げた。

第五章　愛欲、鬩《せめ》ぐ

一

「輪番の焦りが日ごとに増していくようや」

と、吉川が俺に告げた。

別院の大修復の懇志がおもうように捗《はかど》らないからだという。その日も吉川は仏力に呼び出されて、文句を言われたそうだが、そのあとで仏力がこう言った。

「欠員だった登日の担当が決まった」

女性だという。

「へーえ、女かいな。女性を堂衆に雇うとは、輪番としては画期的な出来事やのう」

俺がからかうと、

「ほんまやなあ」

と吉川が、妙な含み笑いをした。

しかし実際問題として、女性を別院の堂衆にするのは画期的な出来事だったことには違いないのである。極楽浄土派には別院が全国に二十か所あるが、女性の堂衆はいまだに一人もいない。理由を挙げればいろんなことがあるだろうが、本音を明かせばこうだ。女に経をあげてもらっても、ちっとも有り難くない、そうおもっている者が多いからである。

これは堂衆の吉川から聞いた話だが、僧籍を持っている彼の母親が住職の夫に替わって彼岸参りをした。その家にゆくのは初めてのことだったらしい。仏壇の前に腰を下ろすと、祭壇の左端に半紙に包んだものがある。一目でそれがなんであるかが分かった。キンを叩いて読経をはじめると、そっと後ろから手がのびてその包みが消えた。そして三、四分もすると、またそっと後ろから手がのびてその包みが置かれた。なぜそんなことをしたのか、そのときは気付かなかったが、寺に帰り夫に訊くと、「それはおまえ、布施の包み直しをされたんや」と言われた。住職が来るとおもわれていたのに女が来たことに腹を立てて、布施の金額を減らしたというのだ。確かめると三千円が二千円になっていたという。

吉川から女性堂衆の話を聞いてから三日後のことである。晨朝の勤行がすんで後門の廊下に出てくると仏力が、

「九時に全員輪番室に集まってくれ」

と告げた。

そこで四人揃って行くと、仏力がソファーに坐っている女性と話し合っており、俺たちが入

ってゆくと、

「みんなに紹介する」

と立ち上がり、立ち上がった女性を俺たちに、

「柚木愛さんと言われる。今月から登日の分をお参りしてもらう。出身はこの地元やから、家さえ教えればすぐ覚えられるやろ」

と、いつになく生き生きとした表情をして言った。

「柚木愛です。よろしくお願いします」

と彼女は頭を下げた。

その彼女を見て俺は、へーぇ、この人が……、とおどろいた。とにかく美しかったのである。こんな美人がどうして堂衆になったのか、いやその前に、どうして坊主になったのか、と奇異の感を抱かざるをえなかったのである。女優の森口瑤子によく似ている。俺の好みのタイプだった。この女性のことで吉川が妙な含み笑いをしたのは、仏力が彼女にたいしておおいに気に入っていることを、彼には分かっていたからに違いないのだ、と気付いた。堂衆に女性をあてるという画期的な出来事は、この女性が美しいという理由によるものだったのだろう。

安田も俺と同じおもいをしたのか、興味深い目付きをして彼女を見詰めている。

「吉川、明日からおまえが預かってる門徒の家を、柚木さんに教えてやってくれ」

仏力が言った。

「一日に全部ですか」

「アホ。なんで何十軒も一日で覚えられるんじゃ。まあ一日に五、六軒やなあ。おまえ、何軒受け持ってる？」

「四十です」

「それなら十日間、一緒に回ってくれ」

と仏力は言い、吉川の次は赤沢、安田、俺の順に指図した。

それが済むと仏力は、急に机の書類をばたばたと片付け出したのだ。その態度を見て俺はおもわず、

（かわいいとこがあるんやなあ……）

と、苦笑した。


柚木に門徒の家を教える順番が俺に回ってきたのは、吉川から数えて一月後だった。その朝俺はいつもの朝より一時間も早く起きた。まるで小学校のときの遠足か、運動会のときのようだ、とおもい苦笑した。

パンとコーヒーの簡単な朝食を済ませると、堂衆部屋に行った。柚木が月忌参りの支度をして坐っている。

「きょうのお参りは五軒です」

近付いた俺に、柚木が言った。

「五軒ならあまり時間はかからんから、先にきみの分を済ませるか」

と俺は答えて、車を回してくるから山門まで出ていてくれ、と告げた。

いつもは原付だが、今朝は別院所有の軽自動車でゆく。俺は本堂脇にある車庫に向かった。

柚木と二人きりになるのは、むろんこのときが初めてだった。彼女が助手席に坐ると俺は、途端に息苦しくなるほど緊張した。言うまでもなくこの緊張感は、じつに新鮮な生気に満ちたものである。

教える門徒の家への参りは柚木が行く。そのあいだ俺は車のなかで待っている。二時間もあれば回れるだろうとおもっていたら、三時間近くかかった。読経にも不慣れなのだろう、また初めて参ることで自己紹介などでも時間が取られるのかもしれない、と考えた。

「コーヒーでも飲もうか」

最後の家から出てきた柚木に、俺は言った。近くに何度か入った喫茶店がある。

「はい」

柚木は素直に応じる。

鉢植えの多い店で、天井まで蔦《つた》が被い、まるで花壇のなかに入った気分になる。

「一度聞きたいとおもてたことやけど」

と俺は笑みを湛えて、

「どうしてきみのような美人が、坊さんになろうとおもわれたのか。非常な興味を覚えてねぇ。お若いんでしょ」

輪番室で紹介されたとき抱いた疑問を、私的な形で問うたのはこのときが初めてである。

するとと彼女は恥じらいを見せながら、

「橘遼子さんに憧れたの。そんなに若くはありませんわ」

そう言って、俺より二歳若い二十六を告げた。

「へーぇ、もっと若く見えますすねぇ」

と俺は頰笑んで、

「橘遼子のような坊さんになりたいんですか」

橘遼子は同じ宗派の坊さんで、小説家である。布教においても超人気がある。

「作家になるような才能はわたしなんかにはないわ。たくさんの女性に影響を与えられるような、そんな布教ができる坊さんになれたらいいなあ、とおもって。わたし馬鹿なのね」

「ええやないの。夢と目標があって。そんな坊主は男でもあまりおらんよ」

俺が言うと、

「一つ質問してもええですか」

と、彼女が改まった口調になり、

「善は悪のなかにあると言われるけど、どういう意味ですか。安田さんにも訊いたんやけど」

「救いは苦しみや悩みを通さなければあきらかにならない、というような意味やないかなあ。なんで？」

「いえ……」

柚木は笑って、

「またお話しします。草野さんはこれから忙しいでしょ。時間を取らせまして済みません」

「そうやな。あしたも明後日もあるから、ゆっくり聞かせてもらおう」

そう言って俺は椅子から腰を上げた。


一週間後である。柚木への引き継ぎ分四十五軒のうち、最後の六軒を回った日、柚木から、

「今夜一緒に食事をしませんか。わたし奢《おご》ります」

と誘われた。

「えーっ、奢ってくれるの。うれしいなあ」

と半分おどけた。

三ノ宮の串カツ屋に行った。小さな店だが、なかなか旨い。評判の店である。

「輪番さんって、ほんとに苦労された人なんですねぇ。でも、変な人ですけど」

アスパラをソースに付けて食べながら、柚木が言う。

「それは、前に言われた善は悪のなかにあるのつづきになるのかなあ」

問い返すと、

「ええ。あれは輪番さんから問われたことですけど、ほんとに辛い経験をされたんですねぇ、輪番さん」

「原爆孤児やった、とか」

「そうらしいですねぇ。そのことを散々聞かされました」

「へーぇ。おれらには一言も触れたことがないのに」

惚れられたんだよ、とつづけて言おうとしたが、口ごもった。

「妹によく似てるって」

「そんなことまで、言ったのか」

「どう返事していいか、分からなかったけど」

と柚木はそのときのことを話題にした。

——昭和二十年八月六日のことだったらしい。

仏力少年はその朝も、いつものようにランドセルを背負って米屋の昌平を待っていた。朝寝坊の彼は今朝も遅いのだ。

「今朝も昌ちゃん、遅いのか」

逓信省に出勤する父が家から出てくると、彼にそう言った。

その父が煙草屋の角を曲がって、何分もしないときである。突然前方が異様に強烈に光り、目がくらんだ。

気が付くと彼は、家の下敷きになっていた。無我夢中で這い出た。外は夕方のようにうす暗かった。そのとき彼は、母と妹が家の下敷きになっていることに気付いた。

「お母さーん、お母さーん」

倒壊した家屋に向かって、彼は叫んだ。

と、そのときである。

「お兄ちゃーん、お兄ちゃーん」

妹の良子の声がした。

壊れた家屋の底から、微《かす》かに聞こえてくるのである。彼は必死になって、潰れた屋根の瓦や土壁を取り除きはじめた。しかし少年の力で、なにほどのことができよう。

「熱いよぉー、熱いよぉー」

泣き叫ぶ良子の声がする。近くに防火用水があるのに気が付いた。駆け付けるとバケツが転がっていた。水を汲んで走った。その行為を何度か繰り返したとき、火の手が上がった。良子の声が聞こえなくなっていた。

そのあと彼は、父を捜して町に出た。ぺしゃんこに崩れた家屋のなかを歩いた。大通りに出ると、ぞろぞろと人が歩いていたが、髪の毛がちりちりに振り乱れ、幽霊みたいに両手を胸の前で垂らし、その手の皮膚はボロ切れのようにだらりと垂れ下がっていた。飛び出た眼球を手で押しこみながら歩いている人がいた。顔や手がカボチャみたいにぼこぼこに腫れ上がっている人がいた。

道端の防火水に顔を突っこんで水を飲んでいる人がいたが、水の上に出た頭が石榴《ざくろ》のように裂けていて、そこから赤茶けた脳味噌が見え、しかもそれが生きものみたいにヒクヒクと動いている……。

「勇じゃないか」

振り向くと、父の弟の健次郎が立っていた。

「よう生きとったなあ、よう生きとったなあ」

叔父は仏力の頭を抱いて撫でた。そして、父や母のことを訊いたが、彼は首を振るばかりだった……。


「凄まじい話やなあ……」

俺は息が詰まった。

「原爆孤児のお世話をしていたお寺で大きくなられたそうですねぇ」

「ああそうか。初耳や」

「妹さんに似てると言われて、毎晩のように食事に誘うんです。困ってしまって……」

「惚れられたんやなあ」

と言うと、

「そんなん……」

と柚木は迷惑そうに、

「末法というのは現代のことですか」

「ああ、鎌倉時代から末法期に入ってるけど、それが？」

「輪番さん、おかしいですよ。異常やわ」

と眉を曇らした。

なにがあったのか、と問うと、

「末法最期の良心を実践するって」

「末法最期の良心？」

初めて聞く言葉だった。

「末法というのは釈迦の教えだけがあって、それを証す人がいない、というんでしょ」

「そうや」

「輪番さんから教わったんやけど、こういう時代には悟りなんか説く意味がないって」

「意味がない？　どういうことや」

「わたしには難しいことは分からへんけど、仏教に救いを求めるやて、愚の骨頂とか……」

「愚の骨頂？」

「衆生はまだ既成仏教教団や坊さんに救いを期待しているけど、彼らにはもうその才も力もないって」

「ふむ……」

「そのことを輪番さんは、身をもって証してやるって」

「それが、最期の良心か……」

「異常でしょ。おかしいですよ。正常やないですよ。破戒僧になることが末法最期の良心やて。考えられないわ」

（本気でそんなことを考えているのだろうか……）

俺は信じがたいおもいに沈みながらも、仏力の狂気の沙汰に震え上がったのである。

二

柚木に一目惚れした俺は、一日中彼女のことが頭から離れない。毎朝晨朝の時間に顔を合わせることはできるが、それだけでは、いやそれだけにだ、一層恋しさが募るのである。「逢いたい、二人きりになりたい」無意識のうちに呟く自分に気付いて苦笑することがしばしばあったのだ。

が、そんな自分に俺はうんざりするのである。「なんちゅう奴っちゃ」と罵りあざ笑う。すっかり呆れてしまうのだ。

「草野さん、どうしたんですか。この頃へんですよ」

と柚木が言う。

「そうかもしれん。おれはへんになっとるかもしれん」

と笑ったが、実を言うと、笑うほかなかったのである。「おれは人を殺したんだよ」と柚木に告白したかったが……。

潜在意識というものは休火山のようなものだということは分かるが、それにしてもなんと不気味な出現なのだろうか？　あのときは、自分が殺したのでないか、という罪悪感を覚えたものの、それは一時的なもので、深い傷手を負うことはなかったのである。それが、柚木への恋情に身も心も溺れるにしたがい、意識の中に文の亭主の死が罪意識となって深く忍びこんできたのである。

（おまえが殺《や》ったんや、おまえが殺ったんや）

夜中に聞こえる呪われたその声に、俺は恐怖に脅えた。飽くことを知らない性欲を呪い、あざ笑うかのようだった。

俺は俺自身の罪を認めざるをえなかった。俺の文への欲情が亭主を死へと追い詰める一因になったことを認めるほかなかった。だが、俺にも言い分があった。それは欲情にたいすることだった。亭主を死へと追い詰めたのははからいではない、罪業だったと言いたいのだ。罪業は言うまでもなく善し悪しをこえている。善悪では判断が付かない。なぜなら、これは人間存在の罪だからだ。俺はそのことに気付くと、更なる問題に苦しめられるはめになった。

それは亭主の死が罪意識になっても、懺悔《さんげ》にならなかったことである。

大山の説法を聴いていると、彼の救いは自身の悪業に深く懺悔していることだ、と気付かされたのである。俺にはそれがない。懺悔しなければ救いにならないとおもうが、どうしてもできないのである。俺は本当に悪人だとおもうが、懺悔ができないのだ。懺悔がなぜ救いになるのか。俺自身の悩みから考えてみると、俺が懺悔できないのは自身の罪を認めても、なお認めることができない強い自己執着が意識の中に深く存在しているからだ、とおもう。この執拗なこだわりの意識から解放されないかぎり、窮極的には救いは存在しないだろう。そのことは十全に承知しているのだ。そして、それを可能にするのは、この執拗な自己執着を破ることができるのは懺悔だけである。懺悔のみが、この厄介な意識から解放してくれる、と俺は確信している。

そんな俺の中に、躊躇《ためら》うわけではないが、柚木に逢うことに積極的になれないものが湧き出てきた。そしてその原因には、罪悪感だけにとどまらない、もう一つの問題があった。

「どうしたの？　どうして逢ってくれないの。わたし、なにか、気に障ることでもした？」

今朝のことだ。晨朝に出る支度をして部屋を出た俺と鉢合わせした柚木が、そう言った。

「いや……」

俺としては、戸惑うほかなかった。

「厭になったの」

「いや、そういうことでは……」

「じゃあ、なんなの？」

黙っていると、

「まあいいわ。つぎのときに聞かせてもらうから」

と柚木は言って、小走りに本堂の方へゆく。その後ろ姿を見詰めながら、

(はっきりと言わなならんな。不安がっていてもなに一つ解決できんぞ)

と俺はもう一つの問題にたいして、自分自身に強く言い聞かせた。

その日も俺は月忌参りの読経中に、柚木へのおもいから解放されることはなかったのである。

こんなときにこんなことを考えるのは、仏にたいする冒瀆だ、とおもっても振り払うことがで

きなかった。相当俺は、彼女にイカれているな、といまさらながらおもわずにいられなかった。……しかし、そうおもう一方で、俺は彼女のことはあきらめたほうがいい、いや、あきらめるべきだ、と自分に言い聞かせてもいたのである。なぜなら、もう二度と、あんな目には遭いたくなかったからだ。その気持ちが強く作用しているからこそ、柚木へのおもいが一層深まるのだということに、俺はすでに気付いている。だが、どうにもならないのである。

それが、柚木からの積極的な言葉と態度によって、腹が据わったというか、決心が付いたのだ。いつまでもクヨクヨしていてもはじまらない。この不安、焦燥感から解放されねばならない。そのためには行動だ、行動が第一だ、と強くおもうことができたのである。

そして、その日の夕方、堂衆部屋で柚木と顔を合わせた俺は、

「あしたの晩、ええか。よかったら、三ノ宮で……」

と告げた。

むろん彼女は承諾した。

安田と行き付けの、JR三ノ宮のガード下にある居酒屋に入った。カウンターに二人並んで坐り、注文を取りにきた女店員に生ビール二杯と焼鳥の盛り合わせを頼んだ。

ジョッキに口を付けてから、一気に、

「おれはきみが好きや。結婚したいとおもてる」

とあからさまに告げた。

「わたしも」

と柚木は躊躇うことなく答えた。

「しかしその前に、重要なことを言っておきたいんや」

「なに？」

「おれの出自や」

「生まれ？」

「そうや。おれは部落出身や。それでもええんか」

言って俺は柚木の顔を直視した。瞬時に、その心の動向を読み取ろうとしたのである。

「いいわよ」

柚木は笑みを浮かべた。

「なんで？」

「どうして？」

逆に問い返された。

「どうしてって……、ほんまにええんか」

「いいわよ。不服？」

「不服なもんか。有り難う」

俺は心底から礼を言いたかった。が、ふと気になることがあって、

「ご両親は反対しないかなあ」

と言うと、

「たぶん。もし反対されても、わたしの気持ちは変わらないわ。信じて」

屈託のない顔付きだった。

その夜はこの上もなく楽しかった。こんな楽しい充実した夜を過ごしたことは、かつてなかった。柚木もとても幸せだと言ってくれた。

それから二日後のことである。月忌参りが済んで堂衆部屋に入りかけると、柚木が追いかけてきて、耳もとでこう告げたのである。

「昨夜両親にあなたのことを話したら、お父さん、一度家に連れてこいって」

にっこりと頬笑むその笑顔に、

「有り難う」

グッと胸が熱くなった。

安田にこのことを告げると、

「よかったなあ、草野」

と、しんからよろこんでくれた。

「しかし、おまえもやるのう。あんな美人を仕留めるとは。どんな奥の手を出したんや」

「奥の手とは人聞きが悪い。ようモテるなあ、と言うてほしいのう」

俺は脂下《やにさ》がった。

休日に俺は柚木を連れて実家に帰った。事前に電話で八重に、「彼女を連れて帰る」と告げていた。安田から車を借りた。姉はすごくよろこんで、きょうだいは当然ながら、いとこ、はとこ、大山まで招き、テーブルにはふんだんに馳走が並んだ。

「洋介、美人やないか」

焼酎の水割りを持って俺の傍に腰を下ろしたオヤジの末弟が、日焼けした顔に深い皺を寄せて頬笑む。コンクリートを打つことを専門にしていて、頼まれればどこまででもゆく。

「素晴らしい彼女を射止めたよ。洋介君はもてるんだねぇ」

俺の横に坐っている大山がコップ酒を呷って、向かいでいとこの一人と話している柚木に目を細める。

「こいつは子どもの頃からなかなかはしこいやつでねぇ、先生」

「なるほど。人生にはしこい男だが、女性にたいしてもはしこいのか、それはいい」

言って大山は、俺の背中を叩いて笑う。

柚木は俺のきょうだいや親戚のものに相当酒を注がれたようだ。酒は強いほうだが、赤い顔をしてちょっと足もとをふらつかせて戻ってきた。

「だいぶ飲んだようやなあ」

と笑うと、

「ほんと。でも美味しいお酒やった。いい人たちですねぇ。来てよかったわ」

と、俺の手をそっと握る。

「それはよかった」

と俺もよろこんで握り返す。

俺たちの歓迎会はいつ果てるともなくつづいた。十二時を回ったとき、さすがに明日のことを考えねばならなかった。

「寝ようか。朝早いからなあ」

俺は柚木に言った。

二階に蒲団が敷いてある、と八重が告げた。糊の利いたシーツが干し草のような匂いがした。俺は忘れていたものでも思い出したように、何度も鼻を押しつけた。

翌朝、六時に起きると用意された朝食を食べて、車を走らせた。

「いい人たちねぇ。あんな温かい人の温もりを感じたこと、ないわ。初めてやわ。部落の人って、いい人が多いんやねぇ。この温もりを知ったら、差別なんかなくなるのにねぇ」

と柚木は何度も言った。

柚木にはそのことがひどく新鮮に感じられたようである。

三

「へんな人がわたしの部屋を覗くの」

夜も十時を回った時刻である。柚木が俺の部屋に駆け付けてきた。

「へんな人って、どんな奴や」

と言うと、

「分からへん。分からへんけど、なんやわたしの部屋、じっと見てるの」

柚木は不安げに脅える。

「へんな奴かもしれんが変態でないかもしれん。ただのへんてこな奴やろ」

と俺は言ってみた。

十日ほど前のことである。吉川が俺たち仲間に、「最近賽銭泥棒が出没しよる。みなさん、気を付けてください」と言った。柚木の言う「へんな人」とは賽銭泥棒のことではないか、とそのときおもったのである。だから、

「また妙な奴が部屋を覗いたら、すぐに知らせてくれ」

そう言って、柚木を安心させた。

ところが、それから三日後の夜のことだ。九時からはじまるドラマを観ようと電源スイッチを入れた直後である。

「洋介さん、またへんな人が窓から！」

柚木が駆けこんできたのである。

「よし」

言うなり俺は、懐中電灯を手にすると、裏庭に降りる戸口へ向かった。

裏庭といっても、ふつうの庭とは違うのである。大きな樟や松が何十本も植わっている。まるで森林である。が、月夜の晩だから明るい。湿った地面に降り立つと、突然頭上から烏《からす》の声

がした。月夜烏は寒い夜に啼《な》くのでないのか、と妙な気分になる。

懐中電灯を照らして、柚木の部屋の窓が見えるところまで近付いたときだ。ガサッと音がして、慌てて走り去る黒い影が見えた。

「誰や！」

俺は怒鳴った。相手は素早く繁みの陰に消えた。

「誰だか分かった？」

部屋に戻った俺に柚木が言った。

「いや……」

と答えたが、すこし猫背のように見えた背中や細い軀付きが輪番に似ているようにおもえた。が、はっきりしなかったので黙っていた。

そして翌々日のことである。その日は月に四日間ある休日に当たっていた。昼すぎだった。柚木が血相を変えて俺の部屋に入ってきた。

「どないした？」

尋常でない彼女の様子に、おどろいた。

「あんなひどい人とはおもわへんかった……」

「誰のことや」

「輪番さんよ」

柚木は口を尖らせた。

「輪番がどないした？」

「卑劣やわ、最低やわ、あの人」

柚木は言って、経緯を説明した。

朝から洗濯をしたり部屋を片付けたりしていると、輪番がやってきて、貰い物だと言って広島名物のもみじ饅頭を手渡し、

「手が空いたら輪番室まで来てくれんか」

と言った。

気が進まなかったが、行かないわけにいかない。用事を済ませて輪番室に行った。

「きみの門徒の評判はええなあ」

そう言って仏力は上等の玉露をいれながら、

「門徒がよろこんどる。法事のあとの説教がことにええらしいなあ。お経もええし、説教もええ。わしは鼻が高いよ」

「いえ……」

柚木は歯の浮くような世辞に、おもわず噴き出しそうになった。が、彼の世辞は止まりそうもない。

「きみの誠意と努力には報いなならんとおもてるんや。どないしたら、いちばん気に入ってもらえるか」

返事のしようがない。

「いつまでも堂衆やってるわけにはいかんやろ」

「いえ……」

「本山に入るか。きみならどの部署に就いても十分にやっていける。研修部がええかなあ、それとも出版部がええかなあ。いやきみなら、出版がええなあ」

言いながら仏力はべつの器に新しく玉露をいれて出し、自分の分を口に付けると、例によって蕎麦でもすするみたいにズルズルと音を立てて飲む。柚木はちらっと渋面をしてその顔を見た。

「わしはほんまに、きみのことを案じとるんや。はっきり言って、わしはきみが好きや。年甲斐もないと笑うかもしれんが、ほんまに好きなんや。わしのこの気持ち、分かってくれるやろ、なあ……」

言うなり仏力は立ち上がると、前にあるテーブルをくるりと回って柚木の傍にゆき、彼女の肩に手をかけようとした。

「止めてください！」

柚木はさっと身をかわして立ち上がった。虚を衝かれて仏力は前のめりになった。そしてきまり悪そうに身を起こすと、こう言ったのである。

「草野とのことはわしにはとうに分かっとるが、あいつと付き合うのだけは止めとき」

「えっ？　どういうことですか」

柚木はきっとなった。

「悪いことは言わん。あいつと付き合うのだけは止めとき。あいつがどんな男か、分かってないんやろ」

「分かってないって、どういうことですか」

「そやから、あいつがどういう出か、分かってるかいうんや。分かってないやろ」

「分かってます」

「分かってる？」

頓狂な声を上げた。

「はい」

「部落やぞう。あいつは部落やぞう。そのことが分かっとるいうんか、きみは」

「はい、分かってます」

「それをきみは、承知で付き合っとるいうんか」

「はい、そうです。結婚するつもりです」

柚木はきっぱりした態度を取る。

「結婚？　結婚するてか」

烈しく声を震わせた。

「両親も賛成してくれています」

「なんやて！　そんなことは、このわしが許さんぞう。絶対に許さん。絶対に許さんぞう。覚悟しとけ。そんなことしたらおまえらを、追放したる。教団から追放したる。絶対に追放したる。覚悟しとけ！」

　仏力の憤りは異常としか言いようがなかったらしい。

「なにを！　教団から追放するてか」

　話を聞いた俺は激怒して、輪番室に走った。そして輪番室のドアを開けるなり、

「追放するんならしてみい！　おまえごときもんにやられて堪《たま》るか！」

　と怒鳴った。

「やってやるわい。いまに見とけ。あとで吠え面をかくなよ。アホが」

　酒でも飲んでいたのだろう、赤い面をした仏力が半開きのドアのところに立って言い返した。

「やれるもんならやってみいや。その前におまえを追放してやる」

　と言い放った。

「おまえごときもんに、なにができる」

　仏力はあざ笑った。

「なにができるか見ておけ。この愚劣な部落差別がおまえの言う末法最期の良心か。毛利元就の良心かいな。情けない良心やのう」

　吐き捨てるように言って、あざ笑い返すと、

「なにを！」

　血相を変え、本気で憤った。

（ざまあみやがれ）

俺は冷笑して部屋を出た。

自分の部屋に戻ると安田が来ていた。柚木から話を聞いた彼は、青筋を立てた。

「なんちゅう野郎や」

「おれを宗派から追放すると息巻いた。あしたにでも本山に行こうとおもう。行って、仏力の悪質な差別を訴えようとおもう。絶対に赦さん」

「よし、わしも行く。一緒に行こう」

安田が言った。

第六章　反乱、決行

一

翌朝の晨朝に仏力の姿がない。晨朝に出仕しない仏力は、俺の記憶にはなかった。俺の処分を申し出るため早朝から本山に出かけたに違いない、とおもった。安田にそのことを告げると、

「そやろなあ」

と目を据えて俺を見た。

月忌参りを済ませると、俺と安田は三ノ宮駅から新快速に乗った。本山にゆくのは俺は一年半ぶりである。全国輪番会議に出かける仏力に命じられて、鞄《かばん》持ちで行って以来だ。

京都駅に着くと、駅前からタクシーに乗った。二十分後、名勝旧跡が多い東山に所在する本山の宗務所門に着いた。守衛が俺たちを横目で見る。鉄筋二階建ての宗務所に入る。

「別院を管轄する部署はどこかいな」

下駄箱に靴を入れながら俺は言うと、

「組織部やろ」

俺につづいて靴をしまいながら安田が答える。

組織部は一階の右側にあった。組織部と書かれた黒い札が目に留まった。ドアをノックしてノブを回した。そして事務所に入り、近くのデスクにいる女子所員に、

「神戸別院から来ました」

と告げると、どういう用件かと訊かれた。輪番のことできたのだと告げて、事務所の奥にゆくと、五分ほど待たせて眼鏡をかけた四角い顔の男が現れた。

「どうぞ」

男は言って、事務所内の右奥にある、衝立《ついたて》で囲った狭い応接間へ通した。

ソファーが二脚置いてある。

「どういう用件ですか。あなたがたは別院の誰ですか。わたしは次長の田中ですが」

坐ると男が言った。

「堂衆です。草野と言います。こちらは安田さんです」

俺は答えて、

「仏力輪番のことで来ました。輪番、来られたでしょう」

鎌をかけてみると、

「うむ……」

おもったとおり戸惑いの色が顔に浮かんだ。やっぱり彼は来たのだとおもった。

「それできみたちは、なにを？」

田中は言った。

「どんなことを話されたんですか」

俺は単刀直入に問うた。

「いや、くわしい話はなにも……」

と口ごもり、

「それよりきみたちのほうの話を聞かせてくれんか」

俺たちの腹を探るような口ぶりである。なにか魂胆でもあるのだろうか。

「分かりました。お話しします」

仏力のことはさておき、俺はこれまでの経緯を詳細に語りはじめた。そして言い終わると、

「なるほど」

と田中は小声で言い、

「きょうは聞くだけにしておきます。具体的なことは後日連絡します」

「後日って、いつですか」

俺が訊く。

「まあ、いまここで何日とは言えんが、連絡しますよ」

「そんなええ加減な……」

安田が口を出した。

「しかしいまは、そうとしか言えんよ。きみにもいろいろと問題があるようやからなあ」

田中は俺を見て、そう言った。

「いろいろな問題？」

おもわず俺は目を見張った。

「まあ、いろいろあると……」

「どんないろいろですか。言ってください」

俺は声を荒らげた。

「別院の再興のことで、きみの行動を問題にしている。堂衆としておおいに問題があると」

「どんな問題ですか、はっきり言ってください」

「募財の件で、反抗的な行動をとっていると」

「えッ。おれが……」

びっくりした。いったい俺がどんな反抗的行動をとった、というのか。

「そんなアホな。草野ほど協力している堂衆はいませんよ。ほんまに輪番はそんなこと、言うたんですか」

安田が言った。

「うん」

田中は頷く。

「言いがかりも甚《はなは》だしいよ、それは」

安田が顔色を変える。

「まあとにかく、そんなことやから……」

と彼は面倒臭そうに言った。

その態度に俺は、カッとなった。

「おれは仏力から、あいつは部落や、あんな奴と結婚すんな。結婚したら教団から追放する。絶対に追放したる。そう言われたんですよ、おれは」

烈しく詰め寄った。

「それを黙っとれ、言うんですか、次長は」

「いや、黙っとれとは言わんよ。しかし、いまは……、わたしにはそれ以上のことは言えんということや……」

田中はたぶんに狼狽する。

「ぼくらは、本山のちゃんとした対応が欲しいですよ。それを本山に強く望みたいんですよ。それをきょうは言いにきたんですよ」

俺は強く言った。

「そうや。その通りや。わしらはそれをきょう、言いにきたんや」

安田も口調を合わせる。

「うむ……」

田中はひどく口ごもる。

そしてしばらく押し黙っていたが、やっと、

「今月いっぱい待ってください。なんらかの回答ができるようになるとおもうから」

俺たちの迫力に気圧されたのだろう、おどおどと答えた。

半月後である。

「ほんとですねぇ。かならず連絡してくれるんですねぇ。信じてええんですねぇ」

俺は念を押した。

「はい。間違いなく」

と田中は答えた。

「分かりました。かならず連絡してくださいよ。待ってますから」

そう言うと俺は安田にめくばせして、ゆっくりと立ち上がった。


その晩俺は院議会議長の中山に電話をかけた。オヤジの古くからの友人である中山の世話で別院の堂衆になった俺は、仏力の愚劣極まりない差別発言を彼に報告しないわけにはいかない。

「電話ではくわしい話はできませんが」

と言って、これまでの経緯を簡単に述べた。

「そうか……」

と中山は呟くように言い、

「あしたの晩、来てくれ。久しぶりに飯でも食おう」

は快諾した。


「はい、有り難うございます」

と礼を言い、友達を一人連れて行ってもいいかと安田のことを告げた。ああどうぞ、と中山

中山精肉店は三ノ宮のセンター街にある。広い間口の立派な店である。何十畳もある広いリビングに通された。食卓の上に土鍋とコンロが用意されていた。

「なにもありませんけど、遠慮なしにどうぞ」

と言いながら、奥さんが大きな皿に野菜や豆腐や肉などを盛って運んできた。色や艶《つや》から推して、上等の肉のようである。しゃぶしゃぶのご馳走にあり付けるらしい。

「へーぇ、美味しそうな肉やなあ。こんな肉、食べたことない」

と安田が子どものような声をあげる。

「遠慮なしにどうぞ」

中山がそう言って、俺と安田にビールを注ぎながら、

「輪番の差別は赦されんなあ」

「はい。とことんまでやろうとおもてます」

俺は言った。

「別院の再建どころでなくなってきたなあ」

と中山は言う。

「再建のウラに、なにがあるんですか」

安田が訊いた。

「なにがあるのか、わしにもよう分からんが」

と中山は笑みを浮かべて、

「まあ考えられることは金やな」

「やっぱり」

と安田が鍋の肉を箸でつまみながら言う。

「二十五億の金が集まるとしたら、何百万円もの賄賂が入るわけですか」

俺が言う。

「いや、それ以上かもしれん」

中山はグラスを手にして言う。

「へーぇ、そんなに……」

安田がびっくりした声をあげる。

「前にいた奥羽別院でも彼は別院の修復をして、業者に高額の賄賂を要求したらしい。そんな噂を耳にした」

「ほんとですか？　そんなことがあったんですか」

こんどは俺が、びっくりした声をあげる。

「こんな情報が耳に入っていたから、わしも江坂さんも大きな再建には賛成できんのや。信用できん」

「中山さん」

と俺は改まって、

「本山内に輪番には、強力なバックアップでもあるんでしょうか。ぼくにはそんなふうにおもうんですが」

「バックアップ？　どういうことかな」

中山は怪訝な顔をする。

「中山さんや江坂さんが別院の再建に首を縦に振らないのに、輪番は修復を独断ですすめようとしてますよ。もしそんなことしたら、院議会議長として黙っておられんでしょう」

「もちろん黙ってないよ」

「でも、彼はやろうとしてますよ」

と言うと、

「そのことは知ってる。しかしできんよ。言うてるだけや」

「それなのに、なんで輪番は強行しようとするんでしょうか。なにか目論見でも……」

「本山内部に後ろ盾があるかもしれん。しかしわしらは承知せんぞ。近々、抗議にいくつもりや」

と中山が言った。

「奥羽別院でそんなことをやっていたって、まったく知らんかったなあ。警察に訴えられんかったんですか」

安田が言う。

「そこが、坊さん集団の甘いとこやな。門徒にはえらそうに説教するが、自分らのことになるとさっぱりだらしがない。じつに情けないなあ」

中山は笑う。

「差別の問題はそうはさせませんよ。とことん闘いますよ」

俺が口を尖らせると、

「もちろんや。なにかあったらいつでも言うてくれ。本山にでもどこへでも行くから」

と中山は被差別者の気概を表した。

二

その月が終わっても、本山からの連絡がない。携帯電話から組織部に電話をかけると、電話に出た女子所員が次長の留守を伝えた。

「なにか、聞いてませんか、神戸別院の輪番のことで」

「いえ」

と、彼女は口ごもり気味に否定した。その様子からなにか聞いているな、と直感した。帰ってくる日を確かめると、明日だという。午前中に電話をすると伝えてくれ、と電話を切った。

そして九時すぎふたたび電話をかけると、同じ女子所員が出て、

「会議中です」

と言った。

何時に終わるかと訊くと、「分かりません」という。仕方なく午後になって電話をかけると、今度は仙台に出張したとの返事である。

「逃げとるなあ、あいつ」

月忌参りから帰ってきた安田に言った。

「そうか」

と安田は答えて、

「対策を練らなならんな。事前に知らせると逃げられるから、いきなり行くか、や」

「うん。おれもそないおもとる」

「それはそうと、おまえ。輪番のこと聞いたか？」

「いや」

「入院したらしいぞ。吉川から昨日聞いた」

「へーぇ」

俺はおどろいた。

あの日以来別院に姿を見せないのを妙におもっていたが、入院と聞いて疑問が解けた。俺の対策を本山の幹部と講じているのだろうか、とおもったりしたが。

「いつ行く？」

安田が本山に乗りこむ日を訊く。

「来週にでも」

決まったら迷うな、行動だ。行動が第一だ、と俺は自分に言い聞かせる。

「よし。行こう」

元気よく安田が言う。


その日は俺も安田も月忌参りの数が少なかった。午前中で済ませると、食事もとらずに本山に向かった。

宗務所にゆき、組織部のドアを開けて入ると、いつも電話に出る女子所員と顔を合わせた。途端に彼女が、ギョッとした顔をした。予期せぬ出来事に遭遇してびっくりしたようだ。

「次長さんいますか」

俺は言った。

「はい……」

彼女はひどく戸惑いながら、奥に向かって振り向いた。

そのとき俺の眼に、背中をこちらに向けて立っている田中の姿が見えた。女子所員がいそいで奥にゆく。そして彼女から声をかけられて、こっちを見た。

俺は軽く頭を下げた。気が付いた彼はデスクのあいだをゆっくりとした足取りで向かってく

ると、

「どうぞ」

ぶすっとして、応接間に通した。

「どない、なっとるんですか」

椅子に坐るなり、俺は言った。

「結論がまだ出てないもんで……」

田中は俺の顔が見られないのか、あらぬほうを向いて言う。

「結論？」

俺は眉を上げた。

「なんのための結論ですか」

安田が詰問する。

「やっぱり、仏力輪番の言い分も無視できんのでねぇ」

女子所員の運んできたお茶に口を付けたあと、彼は言った。

「言い分？　なんですか、それは」

俺は表情を引き攣らせた。

「きみの職務怠慢を、いろいろと問題にしてるんでねぇ」

「それは前にも言われたことでしょ。募財活動がどうとか……」

「いや、それだけやない」

「まだなにかあるんですか」

安田が大きな声を出した。

「勤務態度に問題がある。上司にたいして反抗的だし、よく休むと」

「おれが反抗的やて？」

俺は目を丸くして、

「何日か休んだのは家の用事ですよ。そのことは輪番も承知してくれたはずや」

「いや……、とにかくそれが、仏力輪番の言い分で」

「問題にならんなあ」

俺は叫んだ。

「部長はいないんですか。部長を呼んでください」

「いや、部長はいま会議中です」

「それなら、会議が済むまで待たせてもらいますよ」

俺は言った。

「いつになるか、分かりませんよ」

田中は目を白黒させながら言った。

「ええですよ。何時間でも待ちますよ」

と俺は言って、安田を見た。

いいよ、と安田は眼で合図した。

「仏力には本山を動かすほどの力があるようやなあ。なにか、ひどく怖れてる感じがするなあ」

田中がいなくなると、安田が小声で言った。

「おれもそのことを考えてた。仏力の扱いに、えらい気を遣っとる。無頼の徒やからのう、あいつは。なにをしでかすか分からんところがあるからなあ」

と言うと、安田は、

「中山さんが言われた後ろ盾という人は、仏力を怖れている人物かなあ」

「うん。そうかもしれんなあ」

「どんな奴かなあ、そいつは」

「これから会う部長かもしれんぞ」

と俺が言うと、

「こいつはおもろなってきたぞ。どんな奴か、じっくり見させてもらおうか」

と安田が口を開けて笑った。

そのあと俺と安田は食事をするために一旦宗務所を出て、近くの喫茶店にゆき軽食を食べてふたたび戻った。

それから一時間ほどしてからである。

「いやあ、お待たせしました」

そう言って、百キロをゆうにこえるだろう男が軀をゆすりながら、田中と並んで現れた。度のきつい眼鏡をかけたその眼球が、陰にこもって鋭く光っている。

「部長です」

田中が言った。

俺と安田が頭を下げると、

「いやあ待たせたね」

と笑顔で言い、田中に向かって、

「研修室に行こうか」

と告げた。

はい、それはいいですねぇ、と彼は腰を折って、

「二階へ来てくれ」

と俺たちに命じた。

玄関から向かって真正面に階段がある。階段を上がったすぐ右の部屋に入った。長机に俺と安田が、真向かいに部長と田中が坐った。女子所員がお茶を持ってきた。

彼女が部屋を出ていくと、部長が、

「仏力君の処分が出ました」

と言った。

「どんな処分ですか？」

俺が訊いた。

「それは言えん」

「なんでですか」

「規則やから。通達する公文書は知らせることはできんのや」

「それやったら、わしらは公になるまで指をくわえて待つしかないやないんですか」

安田が言う。

「まあ、そういうことかな」

悠然と構えて彼は答える。

「それでは、ぼくらの抗議の意味がなさんですよ。おかしいですよ、部長」

俺は語気鋭く迫った。

「うん……」

と言ったまま彼は押し黙った。

「どういう通達を出すのか、ぼくにはそれを事前に知る権利があります。差別されたんですよ、ぼくは。あんな奴と付き合うな、付き合うんなら教団から追放する。そう言うたんですよ。そこまで言われたんですよ。そんな目に遭いながら仏力の処分が聞けんのですか」

「そうや、そうや」

安田が相槌を打つ。

「仏力君にも言い分があるんでな」

「勤務態度がどうとか……、でしょう」

「喧嘩両成敗ということもあるから……」

「喧嘩両成敗？　なんやそれは」

俺は顔色を変えた。

「差別を受けたこのぼくも、処罰するというんですか。なんの罪で処罰するんですか」

「そうや。なんで草野が処罰されなならんのや。おかしいよ、それは」

安田は声を震わせた。

「いやいや、喧嘩両成敗というのはたとえばの話ですよ。わたしが言いたいのは、同じ釜の飯を食う者同士としてだな、めくじらを立てるようなことはどうか、と。同じ教団人としてだ、ね。理解し合える接点があるやないか、と」

「なに！　もういっぺん言うてみい」

俺はおもわず立ち上がった。

すると彼は殴られるのか、とでもおもったのか、おどろいて仰《の》け反《ぞ》った。

「なにが、同じ釜の飯や。仏力の差別発言がどういうものか、あんたは考えたことがないんか。あんな奴と結婚するな、結婚したら教団から追放してやる、と言ったんや。なんであいつのこの横暴が赦されるんや」

俺は怒りで軀が震えた。

これが、畏敬の念を抱いてきた本山だったのか。何百万という被差別者が差別からの解放を願い、いつしかその日がくるものと信じてきた、いや、信じようとしてきた本山だったのか。

晨朝の勤行を衆生に知らしめる喚鐘に、「如来よ、どうかおれたちの願いを聞き届けてくれ」と祈りつづけた、あの俺の叫びは、いったいなんだったか……。俺は急に情けなくなった。自分自身がこの上もなく情けなくおもえてきた。

俺は言った。

「おれたち何百万という被差別者は、本山のことを悪く言いながらも心の底では信じているんや。いつか被差別者を救ってくれると、信じてるんや。あんたにはそのことが分かってないんか」

「いや、分かってます、分かってますよ。仏力君の処分に手心を加えるようなことはしません。厳しい処罰を考えておるんです。院議会議長の中山さんからも抗議があって、彼の独断には手を焼いてますからなあ。そやから、二、三日待ってください。かならず意に適う辞令を出しますから」

彼は慌てて言った。

「信用してもええんか」

安田が言った。

「ええ……、それはもう」

部長は恐る恐る答えた。

「ほんまに、信じてもええんやな」

俺は目を据えて言った。

「はい」

部長はきっぱりと答えた。

その言葉で俺は追及の手を緩めた。言いたいことはまだ山ほどあったが、彼の確約を信じることにした。安田も同じおもいだったのだろう、

「輪番の差別発言はじつにあくどい。放置するわけにはいかんのやから、厳しい処罰を頼みますよ」

「約束を破ったら、おれたちはなにをするか分かりませんよ」

俺は言った。

三

それから三日後のことだった。月忌参りの支度をして堂衆部屋に行くと、顔を合わせた吉川がなんとも変な顔付きをした。目を伏せて避けるような態度を取ったのである。

（なんじゃ、あいつは……）

と不快がっていると、安田が息せき切って駆けこんできた。

「おい、見たか！」

血相を変えて叫んだ。

「いや。なにを？」

なにを昂奮しているのか、と訝《いぶか》かった。

「こっちに来てみい」

とひどく急かして、別院事務所の玄関に連れてゆく。そして、玄関の壁にかけてある掲示板の前で立ち止まった。

「これを見てみい」

顎をしゃくった。

Ａ４判の用紙に印字された文字を読んだ瞬間、俺は全身の血潮がまるで極小の孔穴に音を立てて吸いこまれてゆく様を、実感したのである。


【任命辞令】

願により役務を免ずる

神戸別院輪番　仏力　勇

（十、十五）

願により長崎別院輪番に任命する

神戸別院輪番　仏力　勇

（十、十五）

神戸別院堂衆　安田祐二
草野洋介

（十、十五）

命により僧籍を剥奪する

「なんじゃ、これは！」

俺は絶叫した。

これが確約した処分なのか。仏力には手心を加えない、厳しい処罰をすると確約したのが、これだったのか、処罰されたのは差別を受けた俺のほうじゃないか。まったく騙された。騙し討ちに遭ったのだ。俺は完全に怒り狂った。

辞令は本日付である。全教務所、全別院に通達されている日付も同じはずだ。そしてこのことは、宗派の機関誌に掲載され、全寺院に配付されるだろう。

「どないする……」

安田が声を落として、俺を凝視する。

「うん」

俺は腹が据わったような返事をした。

「なんか、ないか……、なんかやらかさないと、腹の虫が治まらん」

「うん」

「僧籍が剝奪されたんやから、直参門徒の略奪はおおっぴらにやれるぞう。本格的にはじめるか」

「そんなことしたって、本山は悲鳴をあげんよ。もっと過激な報復をやらかさんと……」

「ほんならなんや。なにをやる」

言われて、しばらく考え、

「いっそのこと本山を爆破するか」

と言った。

「えッ、なんやて?」

安田はギョッとして、

「そんなことできるかいな」

冗談を言うな、とばかりに声を立てて笑った。


その晩俺は十二時を過ぎて蒲団に入ったが、容易に寝付けなかった。口から出任せのように吐いた「本山爆破」のことが、頭から離れないのである。これほどの報復がほかにあるだろうか……、とおもうと、なんとしてでも実現したいものだと考えはじめて、寝られなくなったのである。

が、そうこうするうちに俺はハッとして、「ああそうや」と呟いた。新聞記者時代の同僚の一人から聞いた話を思い出したのである。

彼は言った。

「彼らに頼んだら鉄砲でもなんでも、手に入るよ」

なにかの話から自衛隊のことが話題になり、そのことからそんな話になったのである。

「まさか……」

俺は笑った。

「嘘やない。ほんまや。おおっぴらには言えんが」

と、真面目な顔である。

そのときの彼の言葉や顔が、なぜかしばらく忘れられなかったのだが、そのことが不意に脳裏によみがえったのである。

しかしこの計画は柚木には内緒にしておかねばならない、と考えた。彼女を巻きこみたくなかったのである。


翌朝部屋にきた安田に、俺は言った。

「おまえから以前、親戚に自衛隊員がいると聞いたことがあるが、いまでもおるんか」

「うん、おるとおもうけど。なんや」

不審な顔をする。

「時限爆弾、手に入らへんか？」

「時限爆弾、てか！」

頓狂な声をあげた。

「うん」

「うんって……、おまえ。そんなもんが手に入るかいな。無茶言うな」

「入るかもしれん。頼んでみてくれんか」

俺は彼の顔から目を逸らさない。

「………」

安田は言葉を失ったように沈黙した。

「大それたことをやらかそうというんやから、無理にとは言わんよ。断っても気にせんから」

言うと、

「ほんまにおまえ、本山を爆破する気か」

俺の顔をじっと見詰めた。

「うん」

俺は頷いた。

二人のあいだに息苦しいほどの沈黙が流れた。

安田が言った。

「頼んでみよう」

「頼んでくれるか？」

俺は眼を輝かせた。

「頼んでみよう。頼んでみるけど、そう簡単に手に入る代物とはおもえんけど。頼んでみるだけ頼んでみよう」

安田は言った。

四

僧籍を剝奪された俺たちは、二十日間の猶予をもって別院を出なければならなかった。

安田に頼んでから十日後のことである。俺の部屋に飛びこんできた安田が、

「手に入るぞう」

と叫んだのである。

「入るか」

俺は昂奮した。

まさか手に入るとは、本当のところは俺もおもっていなかったのだ。

「どうやって頼んだんや」

俺はおもわず訊いていた。

安田は彼に電話して、「時限爆弾、手に入るか」と言ったそうだ。すると彼は、「ああ、手製の時限爆弾なら簡単に作れる」と言ったという。それならそれを作ってくれないか、と言うと、笑いながら、「なにに使うんや」と訊いた。本山を爆破するんだ、と言うと、相手は笑って

「そんなアホなことを」とさらに笑うので、「理由は訊かんでほしいんや」と声を殺すと、しばらく沈黙が流れて、そして電話が切れた。ああ、怒らせたな、と安田はおもった。ところが二時間後、彼から電話があって、「一週間、待ってくれ」と返答があったという。安田と兄弟のように育った仲だった。

五百畳敷き、総檜造りの本堂を吹き飛ばす威力など、むろん簡易型の時限爆弾にはないだろう。俺には爆弾製造の知識は皆無だから、説明を受けても分からなかったが、電気式の着火装置を繋げているという。鉄パイプに黒色火薬を詰めて、電気を通す。すると、両方のパイプの先端から火が噴き出す仕掛けである。そしてそれは時限爆弾装置で爆発するようにセットされているという。

俺と安田が阿弥陀堂に入ったのは、大門が閉まる十五分前の午後五時四十五分だった。参詣者がすこし残っていた。俺と安田はどこにセットしたらいいか、がらんとした堂内を見渡した。そのとき大きな賽銭箱が俺の目に留まった。近付いてみると、太い丸柱と賽銭箱とのあいだに空間がある。

「おい、ここがええぞう」

俺は小声で言って、時限起爆を人のいない午前三時にセットした。そして、爆弾が外から見えないように風呂敷で包んで隠し、

「行こう」

と安田に言い、素早く堂内を出た。

さすがにその晩は眠られなかった。暗闇の中で、何度も寝返りを打った。そして朝方、夢を見た。不気味な、怖ろしい夢だった。

「なんやこれ。こんなもん着て出ていくんかあ！」

なんとも情けない声をあげた。

鏡の前に立っていた。そこに、白衣《はくえ》、白襟の付いた襦袢、白足袋、そして間衣《かんえ》という黒の衣を着た俺が映っている。羞恥と屈辱にまみれながら下駄を履いて戸外へ出るが、その足もとに力が入らずクネクネして、まるで雲の上でも歩いているみたいにふわふわした。

「なんや、これは……」

と呟きながら歩いていると、一かたまりの園児に出会った。みんな藍色の上衣を着て、背丈も同じで、同じ顔をしてにこにこと笑っている。

あとを付いてゆくと、大きな本堂の前まで来て石段のところでシューズを脱ぎ、堂内に入ってゆく。

がらんとした堂内はうす暗く、不気味なほど静まり返っている。太い丸柱のところに園児らが固まって坐った。そのとき俺は心臓が止まるほどハッとして、声をあげようとした。が、声が出ない。「爆発するぞう」大きな声で叫ぶが声が出ない。その俺を見て、同じ顔をした園児たちは相変わらずにこにこと笑っている……。

寝汗をかいて目をさました。ゾッとする夢にしばらく我を忘れて、じっとしていた。月忌参りの坊主の恰好に、この上もない屈辱を覚えたのは、本当のことだった。別院の堂僧になって初めて装束を着けたときのことが、夢に出てきたに違いなかった。

その屈辱感は子どもの頃のことに基因していた。近所に、祈禱師の老婆がいた。彼女はいつも白衣を着て、紫の袴をはいていた。この老婆のことをオヤジはよく言わなかった。「あんなのは宗教やない。人の弱みにつけこんで商売するインチキ宗教や」よくそう言った。この悪口を俺は子どもの頃から聞かされた。そのためだろう、別院で月忌参りの装束を初めて身に着けるとき、俺はその老婆の、白衣や紫の袴の恰好を思い出し、途端に屈辱を覚えたに相違なかったのである。……が、不気味な園児らの存在には身に覚えがない。

蒲団を押入れに入れていると、安田が駆けこんできて、

「テレビ、観たか」

と、上擦った声を上げた。

「いや、観てない」

と言うと、すごいことになっていると言い、自分でスイッチを入れた。

——極楽浄土派本山爆破の状況は、その日の朝から各局で一日中放映された。総檜造りの本

堂はびくともしなかったが、内陣の仏具、燭台や輪灯などがことごとく飛ばされ、堂内を囲っている太い桟の障子や鎧戸《よろいど》が境内に散乱していた。

この爆破事件は、センセーショナルな事件として新聞、テレビを賑わせた。とりわけテレビは、各局とも報道番組で大きく取り上げた。街の声はまさに百花繚乱だった。「阿弥陀様をお祀りしている本堂を爆破するとは、極悪非道も甚だしい」と激怒する老人がいた。「怖ろしい時代になった。お寺さんが爆破されるなんて……」と眉を顰《ひそ》める婦人がいた。「無宗教の時代に起きた典型的な事件でしょ」と冷やかに批評する中年の男性がいた。

そうした街の声を聞いた俺と安田は、俺たちの本山爆破決行の真意を、広く世間に知らしめる必要がある、と考えた。このままだと、俺たちの行動が暴挙ならぬ妄挙にされてしまう。いやすでに、マスコミ界では妄挙にされようとしていたのである。俺と安田はその晩遅くまでかかって、爆破決行声明を書き上げると、それを翌日、極楽浄土派の宗務総長、主要新聞社、テレビ局宛に郵送した。

そのあと俺と安田は、葺合《ふきあい》署に出頭した。

浄土真宗極楽浄土派本山爆破決行声明

我等「蛇蝎《じゃかち》の群れ」は、浄土真宗極楽浄土派の本山爆破闘争を決行した。決行理由は劣悪な部落差別を容認したばかりか、被害者である被差別部落出身者を加害者扱いにし、極楽浄土派から僧籍を剝奪、追放したからである。

こんな悪行が許されるのか。親鸞聖人を祖師とする教団にあるまじき、劣悪極まる行為である。

我ら「蛇蝎の群れ」は、断固としてこの売僧《まいす》教団を糾弾し、鉄槌を下すものである。

蛇蝎の群れ

【著者略歴】

望月廣次郎（もちづき・こうじろう）
本名：望月廣三
1938年洲本市生まれ。大谷大学文学部中退。真宗大谷派浄泉寺住職。第22回部落解放文学賞（小説部門）受賞。第2回神戸エルマール文学賞佳作。著書に、『宗助の出家』（編集工房ノア）、『路地』（文藝書房）などがある。

役僧たちの反乱

2016年9月25日初版第1刷印刷
2016年9月30日初版第1刷発行

著　者　望月廣次郎
発行者　和田肇
発行所　株式会社作品社
〒102-0072 東京都千代田区飯田橋2-7-4
TEL.03-3262-9753　FAX.03-3262-9757
http://www.sakuhinsha.com
振替口座00160-3-27183

装　幀　水崎真奈美（BOTANICA）
装　画　河鍋暁斎
本文組版　前田奈々
印刷・製本　シナノ印刷株式会社

ISBN978-4-86182-594-1 C0093